Bibliografische Information der Deutschen National-Bibliothek: Die Deutsche Nationalbibliothek verzeichnet diese Publikation in der Deutschen Nationalbiografie; detaillierte bibliografische Daten sind im Internet über dnb.dnb.de abrufbar.

Herstellung und Verlag: BoD – Books on Demand Norderstedt

ISBN: 978-3-7519-9423-1

Als Donar, Frey und Loki ausgeschlafen haben

-Ein humorvolles Zurechtfinden der alten Hohen im Hier und Jetzt-

Inhaltsangabe

Wie alles begann

Uppsala, Schweden am Morgen nach Mittsommer 21. Juni 1071 n.Chr.

Die Sonne war gerade am Aufgehen und selbst für das südliche Schweden war es ein bisschen zu diesig an diesem Morgen. Irgendwo krähte ein Hahn, laut, sehr laut, vor allem wenn man bedenkt, dass gerade einige Hundert Menschen versuchen würden die gestrige Mittsommerfeier und den dabei unweigerlich stattfindenden Genuss des ein oder anderen Biers oder Bechers Met mit einem ordentlichen Schlaf zu verdauen. „Verdammter Krawallvogel, wo ist eigentlich der Fuchs, wenn man ihn als Ruhestifter mal braucht," konnte man aus einer kleinen Gruppe von drei Männern murmeln hören. Etwas abseits der bereits schon so früh wieder auf den Beinen stehenden Männern standen noch drei Frauen, offensichtlich ihre Frauen, die sich schon um diese Zeit intensiv unterhielten.

Einer der Männer, mit auffallend rötlichen Haaren, drehte sich um und sprach eine der Frauen, die alle besonders festlich gekleidet waren, an. Die angesprochene Frau hatte geradezu goldfarbene lange Haare und beugte sich leicht zu dem rothaarigen Mann. „Ja Donar, wir sind uns schon am Verabschieden, ich möchte nur Schwiegermutter und Freya noch kurz umarmen. Ich bin gleich bei dir." Dabei winkte sie lachend zu den Männern und rief: „Tschüss Wodan, mach es gut Frey, bis nächstes Mal."

Kurz darauf nahm Donar seine Frau Sif an die Hand und zusammen schlenderten sie den Weg nach Hause entlang. Dabei schien die Sonne auf Sifs goldfarbenes Haar, was ihn kurz von seinen Gedanken über das gestrige Mittsommerfest ablenkte. Aber nur kurz, dann grübelte er weiter darüber nach. Es war inzwischen unübersehbar, dass jedes Jahr weniger Menschen zum Fest kamen um mit den alten Göttern zu feiern. Es waren auch immer weniger junge Leute darunter.

Schon komisch dachte sich Donar, es ist noch nicht einmal ein ganzes Menschenleben her, dass die Isländer die neue Religion eingeführt hatten und mit dieser gleich auch eine neue Zeitrechnung übernahmen. Das war genau im Jahr 1000 ihrer neuen Zeitrechnung gewesen. Irgendwie hatten die diese Jahreszahlen errechnet nach den Lebensdaten eines Zimmermanns aus Galiläa irgendwo im Nahen Osten.

Warum ausgerechnet nach diesem Zimmermann, war ihm nicht so ganz klar. Sicher, der Mann hatte ein paar nette Ideen und Verhaltensregeln publiziert, vielleicht etwas zu früh für seine Zeit in einer abgelegenen Provinz des damaligen römischen Imperiums, aber nicht unüberlegt. Der Gute hatte sich schon was dabei gedacht und mit seiner Männerwander-Kommune etwas bewegen wollen. Ist zwar mächtig schief gegangen für ihn selbst, nahm sogar ein übles, gewaltsames, unverdientes Ende, aber zumindest muss er damals auch beruflich ein fleißiges Kerlchen gewesen sein.

Handwerker in der Hitze da unten und dann auch noch Zimmermann in der Wüste, krieg da mal ordentliches Holz zum Arbeiten, sicher nicht leicht gewesen, ein Idealist, ganz sicher. Immerhin arbeitete der auch mit einem Hammer, da hatten sie schon mal etwas gemeinsam, irgendwie. Aber dass man nun dafür gleich ein neues Zeitalter mit einer neuen Zeitrechnung nach seinen Lebensdaten ausgerichtet hat, naja, wenn es hilft. Fragt sich nur für wen? Die Idee an sich war ja nicht von der Hand zu weisen einen einheitlichen Kalender mit einheitlicher Jahreszählung für die Welt zu erschaffen, man muss eben mit der Zeit gehen und sinnvolle Neuerungen akzeptieren.

Trotzdem blieben nun aber, nach dem langsamen Wegfall der Isländer bei den jährlich stattfindenden Festen mit und zu Ehren der Götter, nur noch einige wenige verstreute Menschen in Europa übrig, die daran teilnahmen. Der letzte Landstrich mit einer hohen Dichte an Heiden war die Gegend um Uppsala im südlichen Schweden herum und nun ging hier auch so langsam das Interesse am alten Weg zu Ende.

Beim Mittsommerfest haben einige der Leute gesagt es gehe das Gerücht um der Kultplatz in Uppsala solle geschlossen werden. Ein örtlicher Zimmermann habe bereits eine Ausschreibung gewonnen zur Errichtung einer Kirche, ausgerechnet auf diesem Platz, als wenn es nicht genug freie, unbebaute Liegenschaften im Katasterverzeichnis der örtlichen schwedischen Wikingerverwaltung geben würde.

Und natürlich schon wieder so ein Zimmermann, aufdringliche Berufsgruppe zurzeit.

Dass ausgerechnet wieder so ein Wirtschaftsförderungsbauprojekt der ehemaligen, staatlichen, unabhängigen

Plünderungsverwaltungsgesellschaft, die sich nach dem allmählichen Ende der ehemals beliebten, gut ausgebuchten Plünderungskreuzfahrten und Raubtagesausflüge über die Ostsee nun Gesellschaft zur Wirtschaftsförderung ehemaliger Berufswikinger nannte, zur Überbauung des letzten Kultplatzes verantwortlich war ärgerte Donar.

Noch mehr hätte es ihn geärgert, wenn er für diese Verwaltung Steuern zahlen würde, aber davon waren er und seine Familie nach der 23. Verwaltungsrichtlinie für die Vermögensverwaltung heidnischer Gottheiten, der ehemaligen, staatlichen Plünderungsverwaltungsgesellschaft in der dritten aktualisierten Fortschreibung der Richtlinie vom 24.01.998 n.Chr., ausdrücklich befreit.

Wer weiß wie lange noch dachte er so bei sich.

Sif schien das alles herzlich wenig zu interessieren, immer wenn er davon anfing sagte sie ihm, das wäre nur eine

Phase, die Menschen probierten halt gerne mal was Neues aus und wenn die davon genug hätten würden sie sich sicher an die tollen Feste mit den alten Göttern erinnern und da weitermachen wo sie aufgehört hatten.

Meistens brummte Donar dann etwas in der Richtung von: „Wenn ich mich fast nie mit dem morgendlichen Brummschädel an das vorangehende, kultische Besäufnis erinnern kann, wie sollen es denn dann die ganzen Menschen können. "

Aber jetzt war es für ihn endlich soweit mal auf die veränderten Umstände zu reagieren. Donar hatte einen Plan. Wenn es im Moment nicht so rosig lief mit den gemeinsamen Festen zwischen Menschen und ihren alten Göttern, dann würde vielleicht eine schöpferische Pause allen beteiligten Seiten guttun. Natürlich wusste Sif sofort was Donar im Allgemeinen mit schöpferischer Pause meinte, einen langen, wirklich langen Schlaf, den er allerhöchstens mal kurz unterbrechen würde, wenn etwas wirklich

Dringendes seiner Erledigung bedurfte und auch das nur, wenn die Erledigungsdringlichkeit mit einem lauten, sehr lauten, ohrenbetäubenden Krach auf sich aufmerksam machen würde, sonst wäre mit Donars Aufwachen eher nicht zu rechnen.

Nach gefühlt einigen Tausend Jahren Ehe mit ihrem Mann wusste sie nur zu gut, dass jemand der derart laut schnarchte wie Donar so einigen Krach aushalten konnte bis ihn irgendetwas aus dem Schlaf reißen würde. Egal, Sif dachte nach und kam zu der Überzeugung allen Göttern würde eine „kleine" Auszeit mal ganz guttun. Also beauftragte sie Loki damit eine Briefwurfsendung an alle Götter, mythologischen Wesen und die Riesen zu verteilen, indem dazu aufgefordert wurde ab dem geplanten Schließungszeitpunkt der Kultstätte in Uppsala zum 30.06.1071 n.Chr. in einen kollektiven Protest- und Erneuerungsschlaf zu verfallen und die experimentierfreudigen Menschen

ungestört in ihre neue, experimentelle
Selbstfindungsphase zu entlassen.

Dazu bat sie alle Gottheiten darum
folgendes Schild an die Eingangspforten
ihrer Wohnhallen zu hängen:

> Sind im kollektiven Protest- und
> Erneuerungsschlaf,
>
> nur zu Ragnarök oder ähnlich schweren
> Ereignissen wecken,
>
> in dringenden Notfällen bei Hel melden.

Irgendjemand musste die Arschkarte
haben, und die gute Hel dachte sich Sif ist
seit der Vergabe der Planstellen unter den
Göttern gewohnt eher unbeliebte Posten
zu bekommen.

Außerdem könnte Loki bei der Verteilung
der Briefe auch gleich seine Verwandten
unter den Riesen besuchen und eine

Aufgabe könnte ihn auch davon abhalten irgendwelchen Schabernack zu treiben wie neulich, als er zur Julfeier zu faul war aufs Klo zu rennen und ausgerechnet in Donars Trinkhorn urinierte. Dabei noch mitten auf dem Tisch stehend und im Suff nicht bemerkend, dass Donar genau neben ihm saß. Die sich daraufhin anschließende Klopperei war legendär geworden und die Trinkhalle musste danach 3 Wochen renoviert werden, von Beiden gemeinsam natürlich.

Egal, zum 30.06.1071 n.Chr. verfielen alle Götter, mythologischen Wesen und Riesen in einen langen, gesunden, kollektiven Protestschlaf.

Donar kuschelte sich an Sif an und dachte noch beim Einschlafen daran, was für ein Glück er mit seinem lieben Frauchen gehabt hatte, dass sie seine Ideen immer irgendwie mitgetragen und mitgestaltet hatte auch wenn sie ihm gelegentlich mit solch nervigen Arbeitsaufträgen wie Gartenarbeit oder dem gemeinsamen Besuch der Götterselbsthilfegruppe zur

Verbesserung des gewaltfreien, veganen Kommunikationsverhaltens, ausgerechnet zusammen mit Loki, mitschleifte. Mit einem Lächeln im Gesicht schlief er ein.

Mitteleuropa 28.Juli 1914 n.Chr.

Ohrenbetäubender Krach, die beiden Fensterläden in Donars Schlafzimmer schepperten hin und her und Sif schlief weiter als wäre nichts zu hören. Wie macht die das eigentlich nur dachte Donar bei sich, schnarche ich wirklich so laut, dass sie sich schon selbst durch derartigen Krach nicht mehr stören lässt? Egal, verärgert durch die Störung seines wohlverdienten Schlafs schritt er zum Fenster, stieß die Fensterläden grob beiseite und blickte raus.

Wo ist eigentlich Heimdal, müssten dem nicht die Ohren klingen bei diesem Krach an seinem Wachhäuschen vor der Regenbogenbrücke zu Asgard? Gerade bei seinem feinen Gehör? Egal, darum würde er sich später kümmern, Donar hatte da so einen Verdacht wo und bei wem sich Heimdal wieder rumtreiben würde, wenn er seinen ebenfalls verdienten Schlaf unterbrochen haben sollte.

Jetzt hatte er das Fenster erreicht und blickte raus. Ganz weit in der Ferne sah er Unmengen von Menschen, alle rannten durcheinander, offenbar waren alle irgendwie bewaffnet und alle gingen aufeinander los. Dazwischen explodierte ständig irgendetwas zwischen den Menschen und zerfetzte alles was in näherer Reichweite war mit einem lauten Knall. Immer und immer wieder, das hörte gar nicht mehr auf. Donar kam das irgendwie bekannt vor, sah aus wie ein gigantischer Krieg mit Dutzenden von Schlachtfeldern in ganz Europa gleichzeitig. Ein Kampf an sich war Donar ja nichts Fremdes. Aber in diesem Ausmaß, mit Millionen Beteiligten und vor allem mit diesem Krach, das war doch nicht zum Aushalten. Offensichtlich waren die Menschen inzwischen völlig verrückt geworden oder die hatten wieder irgendetwas Neues gefunden mit dem sie sich nun beschäftigten, anstatt wieder vernünftige Feste mit den alten Göttern zu feiern.

Erneut wurde das gesamte Inventar des Schlafzimmers erschüttert und ruckelte vor sich hin als da hinten in weiter Ferne erneut etwas mit einem lauten Knall explodierte. Donar konnte nicht mehr an sich halten. Er schrie laut aus dem Fenster: „Ruhe, was haltet ihr Bekloppten denn von ordentlichen Holmgängen nach fairen Regeln, ach macht doch was ihr wollt."

Er schloss sorgfältig die Fensterläden, zog die Vorhänge zu und stopfte sich ein paar Wollreste in die Ohren. Jetzt ging es so langsam wieder, zumal sich das Schlachtgetümmel wohl langsam in eine andere Ecke des Kontinents verlagerte und alle Beteiligten mit sich zog.

Er schaute auf den Kalender, den neuen Kalender, der nach dem galiläischen Zimmermann berechnet worden war und sah, dass er sich irgendwo am Anfang des 20. Jahrhunderts befand. 28.Juli 1914, den Tag würde er sich merken. Ob das jetzt das ganze 20. Jahrhundert so weitergehen würde? Donar beschloss dieses Jahrhundert vorsichtshalber ganz auszulassen. So wie das aussah würde das da unten noch ewig so weitergehen. Da dieses Jahrhundert offensichtlich für die normale menschliche Entwicklung verloren schien, beschloss er noch einen kalendarischen Sicherheitsabstand von mindestens 20 Jahren nach diesem sonderbaren Jahrhundert verstreichen zu lassen bevor er sich überhaupt wieder nach draußen wagen würde.

Das hätte er auch seiner lieben Frau Sif nicht zumuten wollen, die hätte auch vermutlich darauf bestanden, dass er die gesamte Menschheit, wie auch immer, in eine große Selbsthilfegruppe zur Vermeidung von in Gewalt ausufernder

Blödheit gezwungen hätte. Das wäre aber selbst ihm nun wirklich zu viel an Aufwand für einen doch eher mageren zu erwartenden Erfolg gewesen.

Missmutig legte er sich neben seine Frau und schlief wieder ein, diesmal allerdings ohne ein Lächeln im Gesicht.

Herbst 2020 n.Chr. irgendwo um Berlin

Von gelegentlichen Explosionen und Schlachtenlärm abgesehen die Donar immer mal wieder kurz aus dem Schlaf schreckten und die Fenster wieder verschließen ließen, wurde er nur einmal kurz wach. Auch dabei wurde er ebenfalls wieder durch Explosionen geweckt, aber diesmal war etwas anders. Es mischten sich unter die Explosionen, die wohl auch gar nichts zerfetzten, sondern bunt und wunderschön am Nachthimmel leuchteten, laute Jubelschreie und offensichtlicher Partylärm. Er wurde kurz neugierig und schaute erneut wieder mal aus dem Fenster.

Draußen am Horizont sah er eine Stadt, die es, als er sich zum Schlaf gebettet hatte, im Jahr 1071 n.Chr. in der Größe noch nicht gegeben hatte. Damals war das dort noch ein kleines Fischerdorf auf einer Spreeinsel bei einer gut passierbaren Furt. Die Stadt hieß jetzt Berlin und hatte sich ordentlich gemausert. Die Menschen dort feierten offensichtlich etwas und als er einige Zeit angestrengt das Geschehen beobachtet hatte, bekam Donar mit, dass sie die Wiedervereinigung ihrer zuvor geteilten Stadt und ihres zuvor ebenfalls geteilten Landes ausgelassen feierten. Ein Blick auf den Kalender sagte ihm, es wäre der 03. Oktober 1990.

Aha, dachte er sich, gegen Ende des Jahrhunderts scheinen die Menschen doch wieder zur Vernunft gekommen zu sein, jedenfalls schlugen sie sich gerade mal nicht gegenseitig die Schädel ein. Vielmehr feierten sie das Ereignis ausgelassen und friedlich und das auch noch mit einem riesigen Umtrunk. Damit glaubte er gut leben zu können und beschloss für sich den Menschen noch etwas Zeit zur friedlichen, geselligen Weiterentwicklung zu geben und noch ein paar Jahrzehnte auszunuscheln im warmen Bett. Es würde wohl völlig reichen so um das Jahr 2020 wieder aufzustehen und sich ins Leben zu stürzen. Er fand ein paar bereits ebenfalls aufgewachte Walküren draußen lustig herumtollend und beauftragte sie damit ihn im Herbst 2020 sanft zu wecken.

So geschah es dann auch.

Donar wurde wie verlangt im Herbst 2020 allerdings weniger sanft geweckt als ein Wurfspeer der Marke „Sportwalküre 100" erst krachend das Fenster durchschlug und dann vibrierend in seinem rechten Bettpfosten einschlug. Mit ihm wurden alle anderen Götter, mythologischen Wesen und die Riesen ebenfalls durch das Gebrüll Donars geweckt, als er den Sportwalküren in der Folge die Leviten las.

Natürlich wurde beim ersten Ratstreffen der Götter beschlossen, dass sich einer von ihnen mit dem seit 1071 n.Chr. erfolgtem Geschehen vertraut machen solle und die anderen als Multiplikator in den nächsten Sitzungen auf den neuesten Stand der menschlichen Entwicklung bringen sollte.

Hel rief gleich in die Runde, dass es ihr diesmal aber nicht obliegen würde sich darum auch noch zu kümmern, sie habe schließlich den Notdienst in den letzten Jahrhunderten aufgehalst bekommen.

Das sahen die anderen Götter auch ein und es wurde fast einstimmig mit einer Gegenstimme, nämlich der von Loki, beschlossen, dass Loki dieser Multiplikator werden solle. Offenbar gar nicht so sehr begeistert machte sich Loki also auf den Weg und erkundete das Berliner Terrain. Ziemlich schnell erkannte er, dass es inzwischen auch neue Informationssysteme gibt, die die Menschheit nicht nur erfunden hatte, sondern auch fleißig nutzte. Dabei beobachtete Loki amüsiert, dass durch ständige Neuerfindungen und Optimierungen jedes dieser Informationssysteme ständig verändert, manchmal, aber eher selten, sogar verbessert wurden und dass vor allem junge Leute, die inzwischen nicht mehr Jünglinge oder Jungfrauen genannt wurden sondern generell geschlechtsübergreifend was offenbar auch eine der vielen Neuerungen war, Teenager genannt wurden.

Er sprach also eine ihm am Stadtrand von Berlin, in einer dortigen Vorstadt Namens Potsdam, aufgefallene, mit einem sehr sportlichen kleinen aber auch sehr alten Ruderboot anlegende Teenagerin an und stellte sich und sein Anliegen vor. Dabei fand Loki es sehr beruhigend, dass zumindest auch heute noch gerudert wird, ja dass die Menschen daraus sogar eine richtige sportliche, interessante Wettkampfdisziplin gemacht hatten und um Preise und Geschenke sowie um Auszeichnungen, nach sportlichen Regeln, fair kämpften. Gerudert wurde ja schon bei den Wikingern ganz ordentlich und wenn das zumindest noch existent war, vielleicht hätte dann ja auch noch mehr aus seiner alten Welt überdauert. Zarte Hoffnung keimte in Loki auf obwohl er es sonderbar fand, dass junge Frauen nun inzwischen auch ruderten, das war früher Männersache, aber naja, Zeiten und Sitten ändern sich wohl immer mal wieder.

Noch erstaunter war er allerdings darüber, dass die junge Frau sich als Meike vorstellte und ihn fragte ob er nach dem Loki heiße, der aus der alten nordischen Mythologie wäre. Wenn diese junge Frau, diese Teenagerin, noch wusste wer er war und zumindest mal etwas über seinen mythologischen Hintergrund gehört hatte, dann hat vielleicht in den letzten Jahren etwas stattgefunden, was ihn und die übrigen Götter wieder näher an die menschliche Gesellschaft bringen würde.

Jedenfalls stimmte Meike zu sich mit ihm, vorsichtig wie sie war, an einem öffentlichen Ort mit Publikumsverkehr, also in einem Potsdamer Eiskaffee, zu treffen, um ihm den Umgang mit diesem sonderbaren Zauberkasten, den Meike Laptop nannte, näher zu bringen. Nachdem Meike ihr Boot aus dem Wasser gezogen und im Bootsschuppen verstaut hatte, ging sie in ihre Studentenbude und holte ihr Laptop. Sie begab sich in das zuvor ausgemachte Eiskaffee und traf dort auch Loki wieder, der neugierig an einem Tisch saß und bereits zwei riesige Eisbecher der Sorte Nusskrokant XXL ausgelöffelt hatte und gerade zwei weitere, einen für sich und einen für Meike bestellt hatte. Ganz Charmeur der alten Schule schob er Meike ein paar Silbermünzen zu und sagte dies wäre eine kleine Belohnung dafür, dass sie ihm helfe und die Rechnung ginge natürlich auch auf ihn.

Einige Stunden und Eisbecher später hatte sich Loki tatsächlich erst mühsam, dann aber immer geschickter mit diesem neuen Medium vertraut gemacht. Meike hatte ihm sogar geholfen seine erste eigene Internetadresse einzurichten und dabei haben sie festgestellt, dass so ziemlich alle Internetadressen, die den Namen Loki in irgendeiner Weise enthielten bereits vergeben waren. Was für Aufschneider dachte Loki zuerst bei sich, benennen sich nach mir, ausgerechnet nach mir, haben die gar keinen Respekt vor mir und meinem Namen, aber dann war er doch etwas gerührt darüber, dass er sich scheinbar immer noch oder eher schon wieder so großer Publizität erfreute. Und die Kombinationen der Adressen mit seinem Namen hatten immerhin exakt drei mehr als die von Hel und 7 mehr als die von Sif. Er war also unvergessen und bewegte sich auf dem Niveau der anderen Götter. Zwischendurch hatte Meike ihn sogar einmal gelobt als sie ihm sagte, zumindest stelle er sich recht geschickt an und er wäre bei weitem nicht so ein

Computeridiot wie ihr Vater, der sie praktisch wöchentlich, immer dann, wenn sie das Wochenende im Elternhaus zuhause verbringen würde mit neuen, lächerlichen Computerproblemen um Hilfe bitten würde, dabei stets einer Verzweiflung verfallen, die gemessen an dem tatsächlichen „Problem" mehr als lächerlich wäre.

Loki war zufrieden, er war nun in der Lage sich alle Informationen zu den Entwicklungen seit dem Jahr 1071 n.Chr. mit Hilfe dieses Zauberkastens selbst zu verschaffen nachdem Meike mit ihm in ein Geschäft gegangen war und er sich dort seinen ersten eigenen Laptop kaufte. Das Gesicht der Verkäuferin war ein einziges Fragezeichen als er seinen neuen Laptop mit einigen Silbermünzen aus seinem Geldbeutel bezahlen wollte, aber auch hier wusste Meike Rat, denn sie sammelte selbst Silbermünzen und ging mit ihm in ein anderes Geschäft, in dem solche Münzen gehandelt wurden und wo Loki diese sofort und gewinnbringend in die jetzt übliche Währung tauschen konnte. Mit dieser sonderbaren neuen Währung, die auch noch komischerweise nach dem Kontinent hieß auf dem sie sich befanden, konnte er nun tatsächlich der immer noch verdutzten Verkäuferin im Computergeschäft den geforderten Kaufpreis bezahlen.

Er tauschte noch mit Meike die e mail Adressen aus, wobei Meike ihm lachend erklärte, dass sie allerdings vorsichtig Kontakt halten müssten, weil ihr ansonsten sehr liberaler Vater, einzig beim Thema Umgang mit fremden Männern eine zutiefst wertekonservative Grundhaltung hatte, ihr eigentlich den Umgang mit ihm selbst fremden Männern unkontrolliert und unbeaufsichtigt nicht vor Erreichen ihres 30. Lebensjahres in Aussicht gestellt hatte. Natürlich hielt sich Meike nicht daran und selbst ihre Mutter lächelte nur hämisch, wenn ihr Vater wieder mit diesem abwegigen Thema anfing. Eigentlich nahm das niemand auf der ganzen Welt, außer ihrem Vater, wirklich ernst, schon gar nicht Meike oder die jungen Männer mit denen sie sich natürlich trotzdem traf. Jedenfalls machte sich Meike nach der Verabschiedung von Loki, um eine interessante Bekanntschaft, ein interessantes Erlebnis und ein paar antike Silbermünzen reicher, auf den Weg zurück in ihre Potsdamer Studentenbude und Loki machte sich auf den Weg zu den anderen Göttern kaum abwarten könnend ihnen von den ganzen Ereignissen berichten zu können.

Drei Tage später, die Loki fleißig genutzt hatte um eine PowerPoint Präsentation zum aufgetragenen Thema vorzubereiten, trafen sich also alle Götter, alle mythologischen Wesen und sogar die Riesen, denen Donar sogar extra versprochen hatte nicht wie sonst üblich eine Rauferei mit ihnen anzufangen. Loki ging auf in seiner Aufgabe, er hatte wirklich sorgfältig alle Entwicklungen der Zeit nach 1071 n.Chr. aufgelistet und ließ nichts aus, schon alleine um Donar ein ganz klein wenig zu piesacken, denn

Donar war eigentlich schon immer eher ein Praktiker und weniger ein Theoretiker, lehrreiche Vorträge waren nur in engem zeitlichen Rahmen sein Ding. Donar qualmte fast schon der Kopf, aber er wusste da muss er jetzt durch.

Hochmittelalter, Renaissance, Aufklärung, Humanismus, Entdeckerzeitalter, Kolonialismus, Neuzeit, industrielle Revolution, Informationszeitalter und dazwischen immer wieder Kriege, Erfindungen, neue Ideen usw., da waren aber einige Pausen für die Götter zwischendurch dringend nötig geworden.

Aber endlich war es geschafft, Donar und die anderen Götter wussten jetzt das Wichtigste aus der verschlafenen Zeit und eines war sicher, das nächste Mal, falls wieder eine längere Schlafenszeit vereinbart oder nötig wird, wird diese deutlich kürzer als 949 Jahre ausfallen, das war wohl doch etwas zu lange, denn Hel alleine hatte gar nicht die Möglichkeit, so viele Notdienste zwischendurch zu machen wie nötig gewesen wären, damit wenigstens eine von ihnen auf dem Laufenden geblieben wäre.

Immerhin war eines klar geworden, irgendwann, so gegen Ende des 20.Jahrhunderts und Anfang des 21.Jahrhunderts, hatten sich zunächst wieder vereinzelte Menschen und dann etwas größere Gruppen zusammengefunden, die sich wieder für die alten Götter und Mythen interessierten. Einige hatten sich sogar zu Vereinen oder basisdemokratischen kleinen Grüppchen zusammengetan um den alten Göttern und Wesen der Mythologie zu opfern und ihnen zuzutrinken. Erstaunlich, für Donar aber auch erfreulich, selbst wenn es gar nicht so viele waren, aber die meisten von denen waren gut organisiert und über das ganze Land verteilt und offensichtlich behinderte sie auch niemand mehr dabei die Feste zu Ehren der Götter zu feiern. Da musste Donar hin, aber nicht alleine, Frey und Loki hatten da gefälligst mitzukommen. Donar dachte sich auch schon, dass die Beiden sicher nicht wirklich schwer zu überreden sein würden, denn Feste feiern und ein paar Bier zu trinken, vielleicht sogar ein Trinkhorn voll Met zu bekommen, das war doch eigentlich genauso ihr Ding wie das seine.

Donar, der sich inzwischen auch einen eigenen Laptop zugelegt hatte, ganz genau wie alle anderen Götter auch, verfolgte die vielfältigen Seiten im Internet, die sich mit den Themen rund um die nordische Mythologie und den Vereinen und Gruppen, die sich dem Ausleben dieser Mythologie verschrieben hatten. Und siehe da, einer der Vereine lud ein zu einem großen Vereinstreffen auf einer zur Jugendherberge ausgebauten Burg, die für die Dauer von vier Tagen für dieses Treffen komplett angemietet worden war. Da dieser Verein auch andere interessierte Besucher zu diesem Treffen zugelassen hatte, reservierte Donar also drei Plätze mit Übernachtung und Vollverpflegung bei diesem Treffen. Um dieses verzagte Häuflein von neuen Heiden nicht gleich zu verschrecken, beschlossen Donar, Frey und Loki nicht als die dort auch angesprochenen Götter aufzutreten, sondern sich als Abordnung eines kleinen Heidenvereins von den auch heute noch sehr abgelegenen Färöer-Inseln anzumelden. Da diese Inseln derart weit weg sind und dort alte Namen auch heute noch durchaus gebräuchlich sind, konnten sie sich als die drei Brüder Donar, Frey und Loki Schulz von den Färöern unbemerkt einschreiben lassen.

Aber was soll schon ein solcher Spaß bringen, wenn man nicht wenigstens zu Fuß, per Anhalter oder gar ganz abenteuerlich mit der Bahn, als die offensichtlich unzuverlässigste dieser Reisemethoden, diese Reise vom Stadtrand von Berlin zum Zielort dieser ziemlich zentral in Deutschland liegenden Burg unternimmt.

Donar schickte eine E-Mail an Frey und Loki über die von Meike neu eingerichtete Mailingliste:

„Hey ihr zwei scharfen Typen, sagt euren Mädels Bescheid, dass ich uns drei als die Brüder Schulz zum Heidentreffen auf einer Burg angemeldet habe und dass das in vier Wochen losgeht, für vier Tage ist und wir aber dahin wandern oder gar Zug fahren wollen. Heißt, wir müssen übermorgen früh los. Ich habe genug Silber in Euros umgetauscht und wenn eure Mädels euch nicht erlauben da mitzumachen, dann schleicht euch raus, wie immer. Nehmt nur leichte Rucksäcke und Ladekabel für eure Laptops mit."

Erste Antwort von Frey:

„Bin dabei, was ist ein Ladekabel?"

Zweite Antwort von Loki:

„Bin auch dabei. Was ist ein Rucksack?"

Neue Nachricht von Donar an Meike, die zwischenzeitlich nicht nur in den Asgard E-Mail-Verteiler aufgenommen worden war, sondern auch als Administratorin in dieser Mailingliste fungierte:

„Kannst du den beiden Kollegen von mir mal bitte ihre Fragen erklären und ihnen gleich alles bestellen per Expresskurier?"

Antwort von Meike an Donar:

„Soeben alles erledigt, kommt morgen bei euch an, habe als Rechnungsadresse dein neues Konto eingetragen, vielen Dank für dein Passwort und für das neue Boot!"

Antwort von Donar an Meike:

„Was für ein Boot?"

Antwort von Meike an Donar:

„Mein neues Ruderwettkampfboot als Ausgleich für meine Tätigkeit als eure neue, hauptamtliche, ständig erreichbare Administratorin."

Antwort von Donar:

„Ja, ist ja schon gut, aber übertreibe es nicht Fräulein."

Antwort von Loki an alle:

„Ha, ha, ha."

Antwort von Frey an alle:

„Einer Teenagerin die Kontodaten mit Passwort und ec-Karte gegeben, ha, ha, ha."

Antwort von Donar an alle:

„Schnauze, sonst Beule."

Donar war gespannt. Würde alles wie geplant klappen? Kämen die Rucksäcke und Ladekabel noch rechtzeitig? Und dürfen wir überhaupt dahin oder haben unsere lieben Frauen andere Pläne für uns?

Der Weg ist das Ziel

Eine Wanderung startet in Berlin

Zwei Tage später in den frühen Morgenstunden. Tatsächlich warteten Donar und Frey bereits nach einem ausgiebigen Frühstück, dass ihnen ihre etwas verstimmten Gemahlinnen Sif und Freya zusammen in Donars Wohnhalle (in eingeweihten Kreisen auch gerne Sauftempel genannt) bereitet hatten, nun schon eine halbe Stunde auf Loki. Donar vermutete schon, dass Loki, der gelegentlich eine Heidenangst vor seiner werten Gattin haben konnte, nicht wie sie Beide von ihren Frauen hämisch viel Spaß bei dem Ausflug gewünscht und ein riesiges Fresspacket in die gerade neu gelieferten handlichen Rucksäcke hineingelegt bekommen hätte, als Loki in die Halle geschlendert kam.

„Und Loki! Alles klar, oder hast du dich heimlich verdrückt von zuhause und vorsichtshalber deinem Frauchen nichts von unserem Ausflug gesagt, du Held?", konnte sich Donar nicht verkneifen zu fragen. Loki grinste und erzählte ihnen, dass es eben nicht immer ganz einfach wäre mit seiner Frau, aber genau diese Herausforderungen immer auch das Salz in der Suppe ihrer Ehe wäre. „Suppe, genau, auslöffeln der Suppe würde es für dich wohl eher beschreiben, aber gut, jeder wie es ihm gefällt Großer, nicht wahr," flüsterte Frey in die Runde.

Alle grinsten, Loki auch, sie waren es alle schon immer gewohnt hart aber herzlich miteinander umzugehen, Schabernack untereinander zu treiben, aber immer, wenn es drauf ankam, haben sie bisher zusammengehalten und das Beste aus noch so komplizierten Situationen gemacht, meistens jedenfalls oder wenigstens oft. Schließlich hat Donar auch seinen geliebten Hammer bei so einer Aktion erhalten und mehrmals auch den verlorenen Hammer wieder zurückerhalten. So wie der seinen

Hammer hegte und pflegte, dieses Universalwerkzeug, hatte er wirklich etwas gemeinsam mit dem Zimmermann aus Galiläa, nach dem die moderne Zeitrechnung nun inzwischen ausgerichtet war.

Sie verließen die Halle und machten sich zunächst zu Fuß auf den Weg zur nächsten S-Bahnstation, denn von dort würden sie leicht nach Berlin-Buch kommen. Donar erläuterte den anderen Beiden seinen Reiseplan, den er, nicht ganz alleine ohne fremde Hilfe, erstellt hatte. Meike hatte geholfen und besaß dafür nun auch noch zusätzlich einen nagelneuen Trainingsspeedcoach, irgendwie konnte er der frechen, sportlichen Teenagerin nur wenig abschlagen.

Ihm war aufgefallen, dass sich die Landschaft sehr verändert hatte, was aber nach der langen Schlafphase auch nicht verwunderlich war. Als sie das letzte Mal derart lange geschlafen hatten, waren seine geliebten Gletscher verschwunden beim Aufwachen, einfach weggetaut und wenn sie ihre Hallen nicht etwas weiter oberhalb auf ein paar Hügeln gebaut gehabt hätten, hätten sie sicher nasse Füße bekommen, weil durch die abgeschmolzenen Gletscher und deren Schmelzwasser der Meeresspiegel glatt 200 Meter gestiegen war. Das war mal eine Landschaftsveränderung gewesen. Gut, später haben die Wikinger dann die dadurch neu entstandenen Meeresteile der Nord -und Ostsee mit ihren Booten befahren und sie mit allerlei interessanten Dingen aus aller Herren Länder versorgt, aber Eis, einfach nur ein Stückchen Eis für den abendlichen Cocktail, war dafür von da an für lange Zeit sehr schwer zu kriegen gewesen.

Die Veränderungen boten ihnen dafür auch neue Reisemöglichkeiten, sie sollten zunächst nach Berlin reinfahren mit der S-Bahn, was schon recht bequem wäre. Von Berlin aus mit dem Zug Richtung Magdeburg und von da mit einem anderen Zug nach Hessen, wo sich die für das große Heidentreffen angemietete, zentral gelegene Burg befindet. Um sich bei der Anreise etwas besser mit den neuen Zeiten vertraut zu machen, hatte Donar für jede Station ihrer Reise einen Aufenthalt geplant, der es ihnen ermöglichen sollte Ort und Leute etwas kennenzulernen. Aber wo in Berlin bloß anfangen? Eine Großstadt mit etwa 4 Millionen Einwohnern, im Grunde die einzige Stadt in Deutschland, wenn man die anderen ländlichen Siedlungen wie München oder Hamburg dagegen betrachtete, ganz abgesehen von größeren Dörfern wie Köln oder Bottrop. Egal sie fuhren also rein nach Berlin.

Irgendwer musste helfen dabei wie sie sich zurechtfinden könnten.

Mail von Donar an Meike in der Mailingliste:

„Hey Große, hast du eine Idee, was wir so die nächsten paar Tage in Berlin machen könnten, Unterkunft haben wir, aber wo können wir was erleben, was uns interessieren könnte?"

Antwort von Meike an alle:

„Naja, ihr seid ja auch irgendwie sowas wie Heiden, da findet ihr in Berlin sicher ein paar davon. Aber Vorsicht, Berlin ist auch das zentrale Irrenhaus Deutschlands, da könnt ihr auch versehentlich auf echt krasse Typen stoßen."

Antwort von Donar:

Schon mal Loki am Morgen nach einer Feier gesehen? Das ist krass. Und, irgendeine Idee wo und wie wir da nun Anschluss finden könnten?"

Antwort von Meike an alle:

„Klar, sucht doch einen dieser sogenannten Heidenstammtische auf, gibt da wirklich viele von und wenn ihr Glück habt, laden die euch sogar zu einer ihrer Feiern ein, habe euch da mal einen Link in der Anlage gemailt, kenne da einige von den Leuten, schmunzel."

Antwort von Loki:

„Danke, kümmern uns darum, könnte interessant werden."

Gesagt, getan. Loki, Donar und Frey gingen auf den Link und fanden einen Stammtisch in Berlin-Buch, der zufällig auch noch von Leuten aus dem Verein veranstaltet wurde, der auch das große Heidentreffen auf der Burg veranstalten würde. Der Name dieses Vereins kam ihnen zwar etwas sonderbar vor, war er doch unter anderem zusammengesetzt aus einem alten skandinavischen Wort fürs Herdfeuer, aber egal, Namen sind Schall und Rauch. Sie meldeten sich also für den Stammtisch per mail an und bekamen Ort und Zeit für den Stammtisch mitgeteilt, zusammen mit dem Hinweis, dass noch eine vierte Person auch am besagten nächsten Donnerstagabend zu diesem Stammtisch kommen wolle, um diesen als ebenfalls interessierter Fremder kennenzulernen.

Der Stammtisch

Donar, Frey und Loki erschienen also am nächsten Donnerstagabend pünktlich zum Stammtisch. Höflich stellten sie sich vor, vorsichtshalber wieder als die Gebrüder Loki, Donar und Frey Schulz, ursprünglich von den Färöer stammend, wo derart alte Namen noch gebräuchlich wären. Alle am Stammtisch mussten schmunzeln dabei, einer sagte lächelnd, es wären ziemlich passende Vornamen für die Vorstellung bei einem Heidenstammtisch. Die Leute vom Stammtisch stellten sich nun ihrerseits vor und Donar fiel sofort auf, dass der Name Thomas unter modernen Neuheiden offensichtlich sehr verbreitet war, die hatten gleich mehrere davon unter sich, obwohl dieser Name wenn ihn nicht alles täuschte aus dem Buch stammte, dass irgendwer damals über den Zimmermann aus Galiläa geschrieben hatte, woraus sich eine neue Religion entwickelt hatte, die ja gerade ihren Anhängern früher so viel Schwierigkeiten gemacht hatte. Diese Welt war komisch, aber auch interessant, wenigstens hatten sie auch einen Thorsten unter sich, was nach Donars Meinung alles wieder mehr als rausriss, denn früher wurde er ja von einigen Menschen auch so ähnlich genannt.

Einer der Stammtisch Thomasse erzählte ihnen beim ersten gemütlichen Bier, dass sich die vierte Person, die noch vorbeikommen wollte, nicht weiter gemeldet hatte und auf die Bitte sich kurz vorher schriftlich vorzustellen eher etwas nichtssagend geantwortet hätte. Dieser Stammtisch war in letzter Zeit wohl etwas vorsichtiger geworden, nachdem ihnen hin und wieder auch sonderbare Leute bei Überraschungsbesuchen gehörig auf die Nerven gegangen waren. Neben irgendwelchen Politextremisten, die man dort auf dem Stammtisch nicht haben wollte, würden auch immer wieder recht verhaltensauffällige Menschen erscheinen und sie mit ihrer Anwesenheit „beglücken". Jedenfalls wolle man schon mal vorsichtshalber darauf hinweisen, dass der noch zu erwartende angemeldete Gast dort bisher völlig unbekannt sei und auch nicht zu ihrem Verein gehören würde, nur mal so vorsichtshalber.

Das nahm Donar erst einmal zum Anlass sich die Leute dieses Stammtisches etwas genauer zu betrachten. Er wunderte sich, dass entgegen seinen Erwartungen eigentlich alle ganz normal aussahen. Seine Recherchen im Internet hatten ihn eigentlich darauf vorbereitet, dass er alles und nichts zu erwarten hatte, denn die Bandbreite bei solchen Heidenstammtischen war laut allem was er finden konnte weit gefächert und deckte so etwa alles ab, was es in der modernen Gesellschaft so zu erwarten gäbe, einschließlich aller erdenklichen Arten von Sonderlingen und Paradiesvögeln. Eigenartig, dachte er, die hier sind normal gekleidet, soweit er dies jedenfalls schon in diesen neuen Zeiten modisch beurteilen konnte. Die meisten hatten wohl ganz normale Familien und irgendeinen Beruf dem sie nachgingen. Keiner fiel in irgendeiner Art sonderbar auf. Ob das auch nach den ersten paar Bieren so bleiben würde? Da fiel ihm auf, dass die meisten noch nicht einmal besonders viel Alkohol tranken, nach dem ersten Bier hatten fast alle nur noch alkoholfreie Getränke bestellt, na das konnte ja was werden. Ausgerechnet Donar in einer Gruppe von „Wenigtrinkern", der Abend konnte Überraschungen bergen. Er ahnte gar nicht wie wahr das noch werden würde.

Inzwischen trieb Loki seine Scherze mit den ahnungslosen Stammtischbesuchern. Es stellte sich heraus, dass einer der Thomasse doch tatsächlich IT-Ingenieur von Beruf war. Nachdem Loki herausbekommen hatte, dass er sich also beruflich auch mit Computern auskannte, hatte er ihn mit einigen Fragen zu den Einstellungen seines neuen Laptops belegt, bis Thomas ihn letztendlich tatsächlich den Laptop am Stammtisch

neu einstellte. Darüber erfreut, sagte Loki
überschwänglich: „Ich danke dir, ich bin
mir sicher die Götter sind dir dafür
dankbar." Thomas wurde verlegen und
nun wurde bei jeder Gelegenheit eines
Gesprächs von Loki grinsend selbiges
beendet, wann immer es passte, mit
Worten, die Dankbarkeit, Wohlwollen
oder sonstige Gefühlsregungen der Götter
ausdrückten. Frey dachte sich ebenfalls
leicht belustigt über Lokis Wortspielereien
über „die" Götter den ahnungslosen
Stammtischteilnehmern gegenüber, dass
Loki gerade wieder in seinem Element
wäre und ganz sicher diesen Stammtisch
genoss, auf seine ihm eigene Art und mit
seinem unverwechselbaren Humor.

Derweil lauschte Donar weiter den
Tischgesprächen der Runde. Einer der
Teilnehmer, der wie die meisten anderen
auch, in Begleitung seiner genauso recht
attraktiven wie selbstbewussten Frau
erschienen war, erzählte gerade, dass er
jetzt endlich zwei Wochen Urlaub hatte,
was seine Frau auch sofort zum Anlass

nahm ihn damit zu necken, dass er nach Abarbeitung der von ihr gewünschten häuslichen Reparaturen und Renovierungen sowie der nötigen Arbeiten in den Gartenbeeten, sicher zufrieden sei endlich wieder zur Arbeit zu dürfen. Alle lachten, außer einer, woraufhin sich eine der anderen auch sehr ansehnlichen Frauen sofort an ihren Mann wandte und ihn laut fragte, wann er eigentlich demnächst ein paar Tage arbeitsfrei hätte, sie habe nämlich auch noch eine kleine Liste mit längst fälligen und von ihm sträflich vernachlässigten Aufgaben in Haus und Hof. Wieder lachten alle, jetzt außer einem anderen der Ehemänner. Frey beugte sich zu Loki hin und rief: „Hey Loki, wie bei dir, was?" Alle lachten, außer Loki. Nun ging die Frau eines anderen aus dem illustren Kreis kurz zum Auto mit dem sie offensichtlich gekommen waren, um ihre Handtasche zu holen. Da das Auto direkt vor der Gaststätte auf den dazu gehörenden Gästeparkplätzen stand, konnte Donar die

Farbe erkennen. Mintgrün, Donar fragte also: „Sag mal, hast du die Farbe des Autos ausgesucht?" Der Gute antwortete, dass dies natürlich von seiner Frau ausgesucht worden war, er hätte „brutalblau" bevorzugt, aber das wäre eben das alte Auto seiner Frau gewesen und damit ihre Farbauswahl. Er habe nun aber das alte Auto seiner Frau als Gefährt, weil diese jetzt das neue, größere Familienauto fahre und er wie bei den Familienmobiltelefonen immer die jeweils abgelegten Teile bekomme, natürlich erst nach den Kindern. Alle lachten fröhlich, außer diesmal dieser Pantoffelheld, der sich allerdings ganz offensichtlich mit seiner Rolle abgefunden hatte, so wie Generationen von Vätern und Ehemännern schon vor ihm, zu allen Zeiten. Frey beugte sich erneut zu Loki, mit der Frage: „Erinnert dich an was, oder? Alle lachten, diesmal sogar Loki. Eine der anderen Frauen rief nun ausgelassen die Männer könne man eigentlich nichts wirklich alleine machen lassen, Farben aussuchen, Arbeiten selbständig und zuverlässig erledigen lassen oder alleine zum Stammtisch lassen, schon aus Fürsorgegründen ginge das nicht. Alle lachten, die Männer irgendwie nicht ganz so ausgelassen. Frey beugte sich erneut zu Loki, mit den Worten: „Muss ich dazu noch was in deine Richtung sagen? Wer hat sich für die Reise noch mal Zuhause rausgeschlichen, sicherheitshalber?

Alle prusteten laut los vor Lachen allen voran Loki. Donar war sich jetzt sicher, nicht alles hatte sich in den letzten 949 Jahren grundlegend geändert.

Noch etwas hatte sich nicht geändert in all den Jahren. Gerade als es richtig lustig wurde bei dem Treffen, trat ein Sonderling auf den Plan. Früher waren das meist irgendwelche kirchlichen Missionare, die als Überraschungsgast auftauchten und die Heidenfeste mit Bekehrungen, Taufen und frommen Sprüchen unfreiwillig belustigten oder gar sprengten. Heute war es wohl anscheinend auch der vermeintliche Überraschungsgast, aber kein christlicher Missionar, nein schlimmer, viel schlimmer wie sich bald herausstellen sollte, ein heidnischer Missionar, genauer gesagt ein neuheidnischer, selbsternannter Missionar.

Ein altersmäßig schwer einzuschätzender Mann betrat die Gaststätte, Thomas der den Stammtisch diesmal organisiert hatte blickte zu ihm und schätzte ihn auf etwa 50 Jahre. Der Mann sah sich suchend um und ging dann zu der Bedienung, die er offensichtlich etwas fragte, worauf diese in Richtung des Stammtischs zeigte und dabei freundlich lächelte.

Der Mann machte sich auf den Weg an den anderen Tischen vorbei zum Stammtisch, blieb davor stehen und sprach Thomas auch sofort an mit den Worten: „Hallo, ich bin Hermbold, Druide vom blauen Stein, ich hatte mich für einen Besuch an eurem Stammtisch angemeldet." Die aufmerksame Bedienung brachte zügig auch schon einen weiteren Stuhl zum Tisch, auf dem sich Hermbold sogleich neben Thomas platzierte und bei der Bedienung zunächst einen Brennnesseltee bestellen wollte. Da dies nicht auf der Getränkekarte stand versuchte Hermbold sodann ein Glas laktosefreie Milch zu bestellen, nur um ebenso enttäuscht zu erfahren, dass auch dieses Getränk nicht auf der Karte stand. Hermbold gab nicht auf, nach einem weiteren vergeblichen Versuch einen entkoffeinierten, veganen Kaffee zu bestellen, der ebenfalls nicht zu bekommen war, einigte er sich mit der Bedienung darauf den von ihr grinsend empfohlenen Pfefferminztee zu bestellen, zu dem sie ihm versicherte alle Blattläuse und sonstigen pfefferminzbesiedelnden Insekten vor dem Brühen des Tees sorgfältig abgezupft und in freier Wildbahn wieder angesiedelt zu haben. Wenigstens die Bedienung hatte also schon mal ihren Spaß mit diesem Hermbold gehabt.

Thomas seinerseits ahnte Schlimmes, aus Erfahrung wusste er, was sogleich kommen würde. Und es kam wie nicht anders zu erwarten. Hermbold, Druide vom blauen Stein, stellte sich vor. Anders als alle anderen auf diesem Stammtisch brauchte Hermbold allerdings ein klein wenig länger dafür. Hermbold erklärte er sei Druide und hege ein selbst geweihtes Heiligtum an einem blauen Stein, dort trete er regelmäßig in Kontakt mit den alten Gottheiten und erhalte zu allen Fragen des Lebens seit über zwei Jahrzehnten Botschaften der Götter.

Donar beugte sich zu Frey und fragte ihn leise ob der ihm etwa Botschaften geschickt habe, dieser verneinte das entrüstet, Loki, der die Frage auch gehört hatte flüsterte gleich ebenfalls zurück, er auch nicht, er habe gut und tief gepennt. Donar flüsterte erneut zu Frey und Loki: „Also ich wars auch nicht, ich habe gut geschlafen und geträumt und der ist mir nicht mal im Traum erschienen, an den Alptraum würde ich mich erinnern." Loki und Frey kicherten leise, was den guten Hermbold kurz irritierte in seinem Vorstellungsvortrag, sich aber in seinem Redefluss nicht weiter bemerkbar machte. Er redete unaufhörlich weiter. Donar nutzte die Zeit des Monologes und betrachtete Hermbold etwas genauer. Hermbold trug seine Haare offen, bis zur Schulter, jedenfalls an den Stellen wo er noch Haare hatte. Da das nicht so viele Stellen waren, hatte sich offensichtlich ein Waschen der wenigen, dafür aber langen und fettigen Haare für ihn in letzter Zeit wohl nicht gelohnt. Zottelig hingen ihm diese also unfrisiert herunter. Über einer älteren Jeanshose, die auch schon bessere Zeiten erlebt haben wird, trug er einen Kittel, der vom Oberkörper bis zu den Oberschenkeln reichte. Vermutlich sollte dies seine Funktion als druidischer Hüter des blauen Steins unterstreichen. Naja, dachte sich Donar, immerhin ein recht individueller Kleidungsstil, enthält zumindest irgendwie so etwas wie ein

Alleinstellungsmerkmal, auf etwas sonderbare Weise.

Inzwischen war Hermbold an der Stelle seines Monologes angelangt, an dem er den Anwesenden des Stammtisches erklären musste, dass ihm auf ihrer Webseite aufgefallen war, dass ihre Art des Feierns zu Ehren der alten Götter so einige verheerende Fehler enthalte, sie sich aber beruhigt zurücklehnen könnten, da er ja jetzt da wäre um sie zu unterrichten.

Als erstes lehnte Thomas mit einem freundlichen aber bestimmten: „Nein Danke, wir glauben eigentlich nicht so viele Regeln zu brauchen, genauso wenig wie Hierarchien oder ungebetene Belehrungen."

Eine der anwesenden Frauen, Dani, machte nun einen verhängnisvollen Fehler, denn ab diesem Moment hätte der Monolog von Helmbold eigentlich damit ein jähes Ende finden können. Aber Frauen haben manchmal eben eine eher verbindliche, mütterliche Art, die Schärfe aus einer unangenehmen Situation zu nehmen. Dani fragte also Hermbold um die kurz einsetzende Stille nach Thomas verbalen Abwinken zu unterbrechen: „Sag mal Hermbold, hast du eigentlich Familie, gibt es eine Frau Hermbold, oder eine sonstige Beziehung?"

Hermbold guckte etwas verdutzt, setzte aber gleich zur Antwort an, er habe keine Kinder, denn bis jetzt habe sich noch nicht die richtige Frau für ihn finden lassen. Er habe sich schon für die ein oder andere Frau interessiert, die hätten aber immer irgendwelche Ausflüchte benannt um seinen Bitten nach einem Rendezvous nicht nachkommen zu müssen. Er wäre aber noch frei, falls eine der Damen hier Interesse habe, hätte sein Fahrrad einen ordentlichen Gepäckträger auf dem er sie gerne zu einem kleinen Rendezvous mitnehmen würde.

Dani verzog unwillkürlich kurz ihre Gesichtszüge und bemerkte ihren Fehler Hermbold anzusprechen sogleich. Sie lehnte sich zurück und haarte dessen, was jetzt passieren würde. Der Mann mit dem mintfarbenen Auto sprach nun seinerseits Hermbold etwas verärgert an: „Sag mal du komischer Vogel, ist dir von den Göttern nicht vorab mitgeteilt worden an deinem blauen Stein, dass die Frauen hier in Begleitung erschienen sind, für den Fall, dass dir das nicht selbst auffallen würde? Und gleich vorweg, Rudelrammeln ist hier auch nicht angesagt. Wenn du schon Stimmen hörst, könnten die dir ja wenigstens etwas Nützliches mitteilen, oder?"

Hermbold bemerkte, dass die Situation eine gewisse Anspannung in sich barg und beeilte sich, sich zu entschuldigen, es wäre ihm nicht bewusst gewesen, dass hier alle mit ihren Partnern erschienen seien, er habe natürlich niemanden zu nahetreten wollen.

Der Mann mit dem mintfarbenen Auto, dessen Farbe nun wirklich nicht jedem suggeriert hätte, dass dieser sich überhaupt für Frauen interessieren würde, wenn man nicht wüsste, dass diese Farbe eben gerade seine Frau ausgesucht und ihm und dem Rest der Familie aufgezwungen hatte, beruhigte sich wieder etwas.

Aber nun hatte Loki sein Interesse geweckt bekommen. Da war doch noch ein bisschen Schabernack zu treiben, am besten, wenn er diesem „Druiden" vom blauen Stein mal ein paar schwierige Stichworte zurufen würde. Loki ließ seiner Kreativität für solche Sachen freien Lauf. Er fragte Hermbold daher: „Sag mal Hermbold, um mal wieder etwas runterzukommen, was machst du denn eigentlich so beruflich?"

Loki grinste, er ahnte was jetzt kommen würde. Hermbold stotterte kurz, fing sich aber schnell wieder, denn bei seinen vielen vergeblichen Vorstellungen auf Stammtischen hatte er diese Situation bereits mehrmals erlebt und sich inzwischen darauf vorbereitet. Er erklärte, er habe nach seinem Studium nicht in seinem Beruf arbeiten wollen, da er seine

Berufung zum Druiden vom blauen Stein fühlte. Also habe er sich dazu entschlossen, sein Leben ganz den alten Gottheiten zu weihen und dem Ganzen auch seine wirtschaftliche Existenz zu opfern.

Donar drehte sich zu Frey und Loki und flüsterte: „Ich war ja ohnehin nie Anhänger von Menschenopfern, aber wenn die früher mal unaufgefordert einen Menschen zum Selbstopfer gefunden hatten, sah das irgendwie anders aus. Vor allem hat der es meist irgendwie nicht überlebt."

Frey und Loki lachten herzhaft, genau wie Thomas, der das mitgehört hatte und Loki fügte dem hinzu: „Vor allem hätten die früher wohl auch den freiwilligen Verzicht auf ihre wirtschaftliche Existenz vorher schon nicht überlebt."

Jetzt grölte der ganze Tisch vor Lachen, Loki war in seinem Element und rief: „Ich würde das genau so lange überleben, bis meiner Frau das Kostgeld ausginge, dann hätte die mich aber am Kragen Leute, das überlebt keiner, nicht mal ich. "

Hermbold unternahm einen letzten Versuch die Situation zu retten: „Aber es ist ja nicht so als wenn ich nichts machen würde, ich mache echte heidnische Druidenkalender, die könnt ihr kaufen, wenn ihr wollt, ich habe ein paar dabei. Außerdem habe ich Heilsteine dabei, die ich am Wannsee gefunden habe, die helfen gegen alle Krankheiten und sind echt preiswert. Oder hier, ich habe Schutzbilder von Göttern gemalt, die habe ich am Stein von den Göttern heiligen lassen und die halten euch Unheil vom Leib, die könnte ich euch für einen Vorzugspreis anbieten. "

Das Gelächter wollte kein Ende nehmen, Loki rief laut in die Runde: „Ich nehme gleich zwei Bilder, wenn die gegen Typen die Stammtische mit ihrem Esoterikzeugs heimsuchen helfen und uns davor bewahren. "

Das Gelächter fand kein Halten mehr, Hermbold gab auf, schon wieder ein Stammtisch wo man ihn nicht verstand, nicht von ihm lernen wollte und noch schlimmer, nichts von ihm kaufen wollte. Irgendwie fand er nirgends Anschluss, alle wollten offenbar nichts mit ihm zu tun haben, aber sie würden schon sehen. Hermbold stand auf, er machte eine ausladende Geste und reckte dabei die Arme zum Himmel und rief in die Runde: „Ihr seid unwürdig, ihr seid nicht willens euch erleuchten zu lassen, alle hier, ausnahmslos alle an diesem Tisch werden von mir, im Namen der Götter, hiermit exkommuniziert, ihr seid gar keine Neuheiden, ihr seid nichts, gar nichts ihr unwürdigen Spießer."

Anstatt in Ehrfurcht zu erstarren, mussten sich die Stammtischbesucher nun gegenseitig festhalten um nicht vor Lachen vom Stuhl zu kippen. Thomas rief allen zu, das wäre dieses Jahr der Dritte ungebetene Gast, der alle exkommuniziert hätte. Während das

Lachen kein Ende nahm, suchte Hermbold schnell das Weite, seine Kalender und Tuschebildchen hastig einsammelnd und übrigens seinen Tee nicht bezahlend. Egal, Thomas ließ sich den auf die Rechnung setzen, die paar Euro waren es diesem Stammtisch wert, ein solches unfreiwilliges Unterhaltungsprogramm geboten bekommen zu haben. Beim Rausrennen hörte Hermbold noch wie Loki sich an Frey und Donar wandte und lachend fragte: „Habe ich das richtig vernommen, der Typ hat gerade uns, ausgerechnet uns exkommuniziert und zu Nichtheiden erklärt. Der ist gut, was für ein Spaßvogel, ich kann nicht mehr, der ist ja fast göttlich."

Donar rief noch lachend: „Das wäre früher nun wirklich kaum denkbar gewesen, ich liebe diese neuen Zeiten, es gibt so lustige Typen, sogar unter den Neuheiden. Früher waren nur die anderen irgendwie komisch, super Feier hier heute, also Humor haben die alle, nur einer eben nicht freiwillig."

Auch der schönste Abend musste einmal beendet werden und so ergab es sich, dass die Stammtischgesellschaft Donar, Frey und Loki bei der allgemeinen Verabschiedung einlud ihren Stammtisch jederzeit gerne wieder besuchen zu kommen und wenn sie wollten dürften sie auch gerne mal zu einer ihrer Feiern zu Ehren der Götter kommen und mitmachen.

Da Donar, Frey und Loki aber schon die Fahrkarten für die Fahrt mit der Bahn gelöst hatten, sagten sie erst zum übernächsten Stammtischtreffen in zwei Monaten zu, entschuldigten sich aber für die übernächste Woche geplante Feier dieser Gruppe mit den Worten, sie seien bei dieser Feier leider noch unterwegs, aber irgendwie seien sie bei der Feier und den Anrufungen und Ehrungen der alten Götter auch schon irgendwie bei ihnen.

Loki grinste dabei, aber weil er die Leute lustig und nett fand verkniff er sich, entgegen seinen sonstigen

Gewohnheiten, einen schrägen Spruch dazu.

Auf dem Weg zurück zu ihrer für diese Übernachtung gemieteten Unterkunft in Berlin, sahen sie kurz hinter dem Stadtrand ein kleines Gebäude auf einem Grundstück stehen. Dieses befand sich neben dem Wohnhaus und wenn Donar nicht alles täuschte, waren früher die Ställe in gleichem Abstand von den Wohnhäusern gebaut worden. Das musste es sein, das war ein moderner Stall, da man sich heute nur noch zu Sportzwecken auf Pferden fortbewegte, schloss er messerscharf, dieses kleine Gebäude müsse wohl dem modernen Fortbewegungsmittel als Unterstand dienen, dem Auto.

Aber viel wichtiger schien ihn an diesem kleinen, modernen Stall etwas Altvertrautes zu sein.

Da hing doch tatsächlich ein sogenannter Mjölnir, ein Thorshammer, also ein Abbild seines Allroundwerkzeugs, seines geliebten Hammers. Und so passend über dem Unterstand eines Reisegefährts, wo doch in früheren Zeiten viele Menschen um seinen Schutz vor Reisen gebeten hatten. Fast schon war er gerührt, es gab also noch immer, vereinzelt zwar, aber erkennbar eine kleine Fangruppe, die dies auch deutlich zu erkennen gab.

(Blick auf das Grundstück: Donar war fast gerührt bei diesem Anblick)

Etwas hämisch fragte Donar Loki, ob er auch schon irgendwelche alten Symbole entdeckt habe, die auf seine ehemalige kultische Verehrung gedeutet hätten.

Frey kommentierte dies zugleich damit, dass diese Frage an Loki nicht ganz fair wäre, da sich seine kultische Verehrung auch zu früheren Zeiten wohl eher etwas eingeschränkter und verdeckter vollzogen habe.

Loki unterdessen beschloss sich seine gute Laune ob des vergangenen, unterhaltsamen Stammtischabends nicht verderben zu lassen und entgegnete jetzt lapidar: „Der eine brauchts, der andere nicht. Meine Fans haben schon immer eher die Stille gesucht, ich wurde immer erst um Hilfe gebeten, wenn es wirklich schwierig wurde und die verbliebenen Möglichkeiten eingegrenzt schienen. Da hat sich also gar nichts geändert."

Alle drei kamen jetzt überein, dass dies stimme und sie schlenderten entspannt weiter zu ihrer Unterkunft.

Es folgte der Schlaf der Gerechten.

Gut Ding will Weile haben.

Vor allem eine Fahrt mit der Bahn.

Berlin Hauptbahnhof, am nächsten Morgen, auf dem Bahnsteig des Zugs in Richtung und nach Magdeburg fuhr der erwartete Zug endlich ein. Loki, Donar und Frey stiegen ein, und suchten ihre reservierten Plätze in ihrem Wagon.

Nach einiger Suche gelang es Donar und seinen beiden Begleitern ihr richtiges Zugabteil mit den zuvor reservierten Sitzplätzen zu finden. Dazu hatte ihnen Meike dringlich geraten, nachdem sie selbst schon oft Fahrten mit der Deutschen Bahn in völlig überfüllten Zügen stehend verbracht hatte, bevor sie die Reservierungen für die Fahrt für ihre neuen drei Bekannten veranlasst hatte. Nun zumindest das hatte also schon mal geklappt. Aber das Unheil sollte schon im nächsten Moment seinen Lauf nehmen. Denn sie befanden sich zwar auf ihren Sitzplätzen und ruhten sich aus, dasselbe tat allerdings auch das Bahnpersonal offensichtlich und wie sich in Kürze herausstellen sollte allerdings nicht ganz freiwillig. Donar betrachtete die große Bahnsteiguhr auf dem Bahnsteig und stellte verwundert fest, dass der Zug Richtung Magdeburg, also ihr Zug, nicht zur vorgesehenen Zeit, also vor etwa 10 Minuten abgefahren war, sondern weiter stillstand.

Aha, das war also mit der oft in den modernen Medien erwähnten Unpünktlichkeit und Unzuverlässigkeit der Bahn gemeint gewesen, folgerte Donar daraus. Eine halbe Stunde später sollte sich allerdings herausstellen, dass zumindest diesmal nicht die Bahn selbst diese Verzögerung zu verantworten hatte, was an sich schon erstaunlich genug war. Es erfolgte eine Durchsage die folgendes zum Inhalt hatte:

„Werte Fahrgäste aufgrund des Diebstahls von Teilen der Oberleitung zwischen Berlin Hauptbahnhof und Bahnhof Zoologischer Garten, verzögert sich die Abfahrt des Zuges um etwa zwei Stunden."

Das war Berlin, live wie man es kennt und liebt, oder auch nicht. Genau in diesem Moment kam der Zugbegleiter an ihren reservierten Plätzen vorbei geschlendert. Loki nutzte dies um ihn danach zu fragen ob er sicher sei, dass die Oberleitungen innerhalb von 2 Stunden wieder in Stand gesetzt werden können. Der Zugbegleiter lächelte etwas verlegen und sagte ihnen er gehe davon aus, dass dies wirklich mindestens zwei Stunden in Anspruch nehmen würde, eher etwas länger und schlug ihnen vor, die Zeit doch zu nutzen und in einer der vielen Bahnhofsrestaurants und Cafés in Ruhe eine kleine Stärkung zu sich zu nehmen. Loki rief erfreut: „Super, ich habe Durst wer kommt auf ein paar Bier mit?" Donar schloss sich dem sofort an, einzig Frey gab an lieber im Zug bleiben zu wollen und etwas dösen zu wollen. Dabei könne er ja gleich auf das Gepäck aufpassen, dann müssten die anderen das nicht mitschleppen. Beinahe blitzschnell befanden sich Donar und Loki in einer erstaunlich gepflegten und gemütlichen kleinen Bar im Shoppingcenter des Hauptbahnhofs und bestellten die erste Runde Bier einer sehr appetitlich wirkenden Schwarzbiersorte aus dem Brandenburger Umland von Berlin. Da diese Biersorte tatsächlich ein Hochgenuss der Brandenburger Bierbraukunst war, bestellten sie etwa zehn Minuten später eine zweite Runde davon. Sie hatten wirklich Durst gehabt. Weitere zwanzig Minuten später nahmen sie gerade den ersten Schluck der dritten Runde Schwarzbier, als sie eine weitere Durchsage aufschrecken ließ:

„Werte Fahrgäste, die Instandsetzung der Oberleitung konnte schneller als geplant durchgeführt werden, der Zug nach Magdeburg fährt in voraussichtlich fünf Minuten ab."

Dem eiligen Bezahlen des Biers folgte ein rekordverdächtiger, göttlicher Sprint Richtung Bahnsteig, dessen Erfolg allerdings nicht im rechtzeitigen Erreichen des abfahrenden Zuges in Richtung Magdeburg lag, sondern eher darin einen auf sein Laptop deutenden Frey am geöffneten Zugfenster stehen zu sehen, der schnell noch Lokis Laptop rausreichen konnte, so dass dieser danach greifen konnte und zumindest eine Verbindung mit dem nun allein vorreisenden Frey möglich war. Loki nahm aus den Augenwinkeln noch ein sehr sonderbares Lächeln in Freys Gesicht wahr, ohne dies zunächst irgendwie deuten zu können. Zunächst hieß hier bis zum Eintreffen der ersten Nachricht von Frey auf ihrer Mailingliste.

Donar sah Loki an und lachte herzhaft: „Komm Loki, wir nehmen noch ein paar Trostbiere in der Bar von vorhin und dann sehen wir in Ruhe, was wir nun machen, wir kommen schon nach Magdeburg." Keine zehn Minuten später saßen sie vor Lokis aufgeklappten Laptop in der Bar an ihrem alten Tisch, mit zwei neuen Schwarzbieren, als sie die erwartete

Nachricht von Frey auf der Mailingliste erreichte.

Nachricht von Frey an Loki und Donar:

„Warte in Magdeburg in unserem dort reservierten Zimmer auf euch. Braucht ja jetzt eure Plätze nicht mehr oder? Grins! Stellt euch mal vor, habe gerade zwei attraktive, sehr lustige Frauen von der Stockholmer Modellagentur Freyas Hall kennengelernt. Wusste gar nicht, dass meine liebe Frau Namenspatronin für sowas ist. Die hatten keine Sitzplätze, jetzt haben sie eure, grins! Mir geht's gut, euch viel Spaß, ich werde jedenfalls beste Unterhaltung haben."

Nachricht von Loki an Frey:

„Ja dir auch viel Spaß, wir hatten eben auch Spaß beim Weiterleiten deiner Nachricht an Freyja. Dir dann auch noch ganz viel Spaß nach unserer Reise zuhause dann, auch grins!"

Nachricht von Frey an Loki:

„Das habt ihr nicht gemacht, wenn doch pinkele ich in eure Rucksäcke."

Nachricht von Loki an Frey:

„Piss dir nicht ein und vor allem nicht in unsere Rucksäcke, Donar die alte Spaßbremse hat die Nachricht gelöscht bevor Freyja sie gelesen hat."

Nachricht von Frey an Donar:

„Danke"

Nachricht von Meike an alle:

„Habe mitgelesen ihr Spezialisten, Frey dir viel Spaß, kannst gleich auf dem Bahnhof in Magdeburg auf Loki und Donar warten, habe den beiden im nächsten Zug nach Magdeburg in zwei Stunden Plätze reservieren können und lernt endlich die hohe Kunst des Online Shoppings, ihr habt die Daten jetzt auf dem Laptop."

Nachricht von Loki an Meike:

„Danke, auch im Namen von Donar, der sich gerade mit Schwarzbier abgefüllt hat. Aber keine Sorge in spätestens zwei Stunden ist der wieder klar, der kann was ab, ich überlege gerade ob ich ihm in dieser Zeit heimlich den Hintern mit Schmetterlingen bemale. Wo kriege ich hier eigentlich auf die Schnelle Permanentschminkstifte her? Ach lass mal, die besorge ich für den Fall besser selbst, damit sollte vorsichtshalber niemand anderes etwas zu tun haben."

Loki nutzte die Zeit und machte mit Donar einen kleinen Spaziergang an der frischen Luft, jetzt hatten sie ja wirklich noch fast zwei Stunden Zeit und Donar wurde auch schnell wieder klar. Nachdem sie in einem an einem Park gelegenen Café ein paar starke schwarze Pötte Kaffee getrunken hatten und Donar von der Gästetoilette kam, fragte er Loki etwas peinlich berührt: „Sag mal Freund, weißt du vielleicht ob ich die ganze Zeit vorhin ordentlich bekleidet gewesen bin oder ist mir zwischendurch mal die Hose etwas runtergerutscht, ich glaube nämlich ich muss mich irgendwann ausversehen auf ein paar Schmetterlinge gesetzt haben?"

Loki schüttelte den Kopf, aber aus irgendeinem Grund dachte Donar, der wüsste mehr als er gerade zugeben wolle. Egal, das kriegt der zurück. Ach das gegenseitige Necken war ihnen über viele lange Jahre ein amüsanter Zeitvertreib und Spaß geworden und schon sah er im Vorbeigehen auf dem Rückweg zum Bahnhof auch schon eine neue Möglichkeit bei Loki zu sticheln.

Er fasste Loki an die Schulter und drehte ihn ganz sanft in Richtung eines Seiteneingangs zu einem kleinen Häuschen:

„Guck mal Loki, schon wieder ein Hammer, mein Hammer an einem Zugang."

(Mjölnir/Thorshammer an Seitenzugang eines kleinen Häuschens)

Loki guckte und sagte nur etwas angenervt:

„Ja toll noch ein Mjölnir, super dein Hammer, nein sie haben dich nicht vergessen und nochmal ich brauche sowas nicht."

Ein paar Grundstücke weiter gab der Blick über den Gartenzaun den Beiden eine

Sicht auf eine Opferablagestelle im hinteren Bereich dieses Grundstücks frei. Beide schauten neugierig genauer hin.

(Blick über den Gartenzaun: Opferablagestelle in einem Garten mit Findling als Ablagestein)

Loki sprach zuerst fast triumphierend leise: „Also das finde ich ja interessant, ob das zu Ehren für die alten Götter gedacht ist? Sieht zumindest irgendwie so ähnlich aus wie früher und da wurde allen was hinterlegt nicht nur dir mein Freund."

(Etwas genauerer Blick über den Zaun: Holzhammer schräg hinter einem Opferstein im Garten)

Donar antwortete auf einmal grinsend: „Ja, aber guck mal genauer hin, an dem Stein mit dem Obst und dem Met, was siehst du da, seitlich etwas versteckt weiter hinten am Stein angelehnt, beug dich etwas zur Seite mein Freund? Einen Hammer aus Holz, Kirschholz würde ich sagen mein Freund, aus einem Stück geschnitzt, würde ich sagen mein lieber Freund, Mjölnir, mein Hammer würde ich sagen, noch Fragen mein Freund"?

„Nö", zischte Loki und fuhr auf einmal grinsend fort, „aber das Holz Idol links vom Stein würde ich sagen, das ist gut getroffen, so siehst du nämlich wirklich aus nach einer feuchtfröhlichen Feier mein Freund, ach nee, eigentlich schmeichelt dir das Ding, in Wirklichkeit siehst du dann immer noch viel schlimmer aus, mein lieber Freund!"

Loki und Donar blickten sich ernst in die Augen, um dann wie auf Kommando laut loszubrüllen vor Lachen. Das könnte jeder von uns sein lachte Donar und Loki erwiderte prustend vor Lachen, immerhin hätte man sie wohl nicht völlig vergessen, aber künstlerisch hätte die Menschheit wohl keinerlei nennenswerten Fortschritt gemacht.

Diese Reise hatte gerade erst begonnen und sie hatten sich bereits köstlich amüsiert. Ganz klar in dieser Reise lag Potenzial.

Sie kamen gerade noch rechtzeitig zum Hauptbahnhof, um in „ihrer" Bar noch ein leckeres Brandenburger Schwarzbier zu trinken und wurden inzwischen von der Kellnerin schon mit den Worten empfangen:

„Ach ihr schon wieder, ihr wollt doch eigentlich gar nicht losfahren, oder? Lasst mich raten, zwei Schwarzbiere? Kommt sofort."

Diesmal schafften sie es rechtzeitig in den Zug und sie fanden auch schnell ihre Plätze. Genauso wie die fünfzig anderen Mitreisenden dieses Wagens, wie sich in Kürze herausstellen sollte, die gesamte Belegschaft eines Bottroper Nonnenklosters. Sonderbar, denn wie sich Loki zu erinnern glaubte war Bottrop ja tatsächlich die rechtsrheinische, mittelalterliche Gründung des Benediktinerklosters Werden, kurz bevor sie damals ihre kleine Schlafphase angetreten hatten am Ende des 11. Jahrhunderts und hieß damals noch Borthorpe, also Dorf am Hügel. Er hätte nur nicht gedacht, dass die sich da solange halten können würden, mit dem langweiligen Unterhaltungsprogramm, so kann man sich irren.

Er sollte übrigens bald erfahren weshalb die dort so lange durchhalten konnten.

Loki war noch etwas stolz über sein gutes Gedächtnis, als eine der Benediktinerinnen die Beiden lautstark aber fröhlich ansprach: „Kommt ruhig näher, kommt ruhig ran, wir haben selbstgebrautes Bier und suchen nette Gesellschaft, ihr stattlichen Kerle."

Super dachte Donar, Frey reist mit zwei Models aus Stockholm und wir sitzen hier mit den Nonnen, aber andererseits die haben Bier, selbstgebrautes Bier, genug davon offensichtlich, was soll es, pfeife auf die Models, die Mädels haben Bier und sind lustig, die Schicksalsnornen meinen es gut mit uns.

Bevor Donar seinen Gedanken überhaupt richtig zu Ende gedacht hatte, stürzte Loki schon zu den Nonnen und stellte sich vor:

„Guten Tag, sehr freundlich, wir nehmen die Einladung gerne an, mein Name ist Loki, mein Freund heißt Donar und ich muss zugeben, der Tag war schon reichlich anstrengend für uns und ein Schluck selbstgebrautes Bier würde uns sicher guttun."

So ein alter Charmeur dachte Donar, der wird sich wirklich nie ändern, wenn sein Frauchen wüsste, dass der für ein paar ordentliche Humpen Bier hier gerade den englischen Landlord raushängen lässt.

Dessen ungeachtet setzte sich aber auch Donar freundlich lächelnd zu den fröhlichen Nonnen, die sich nun ihrerseits vorstellten:

„Ich heiße Marie und bin die Oberin dieser Bande, zu meiner Rechten ist Schwester Christa und zur Linken Schwester Maraike, wir drei haben die Aufsicht über unsere Klosterbrauerei, die seit über 900 Jahren die köstlichsten Bierspezialitäten braut."

Donnerlüttchen dachte Loki, das ist also der Grund weshalb die sich so lange in Westfalen halten konnten, die brauen leckeres Bier, gute Idee, das nenne ich Marketing, vor allem in Westfalen bei den alten Schluckspechten, da ist ja auch sonst wenig los.

Währenddessen hatte Donar schon sein erstes Bier bekommen von Schwester Christa. Schwester Christa war eine schon etwas ältere, auffallend kleine und schlanke, offenbar sehr gewiefte Frau, die entgegen ihrem eher zierlichen äußeren Erscheinungsbild den Eindruck vermittelte äußerst trinkfest zu sein.

Jedenfalls holte sie gleich noch vier weitere Flaschen aus ihrer scheppernden neben ihr viel zu groß wirkenden Reisetasche und drückte Loki, Marie und Maraike auch gleich eine Flasche in die Hand, schnipste gekonnt den Verschluss der Flasche weg streckte die Flasche in die Höhe und rief laut:

„Wer nüchtern ankommt ist selber schuld und eine Spaßbremse, Prost."

Alle prosteten zurück, und das einige Male hintereinander, bis der Zug in Magdeburg hielt, hier mussten Donar und Loki aussteigen, einerseits um auf Frey zu warten, andererseits hätten sie hier sowieso umsteigen müssen und da der Weg das Ziel ist, hatten sie von vornherein einen Aufenthalt in Magdeburg eingeplant.

Natürlich musste Donar den voll des guten Bieres befindlichen Loki erst noch irgendwie von Schwester Maraike lösen, an die sich der verhinderte Sittenstrolch angekuschelt hatte und diese nun auch noch zum Abschied um ihre E-Mail Adresse bat, mit den Worten falls er mal irgendwann nach Bottrop käme und sich mit ihr verloben wolle.

Schwester Maraike rief ihm laut zu, das ginge leider nicht, sie seien alle mit ihrem Herrn Jesus verheiratet.

„Donnerwetter" sagte Loki zu Donar beim Aussteigen, „der Zimmermann aus Galiläa scheint ja doch ein ganz schöner Lebemann zu sein, Hut ab, so viele Frauen gleichzeitig in einer Ehe und Bier brauen die auch noch, alles richtig gemacht der Gute, meinen Respekt, das würde ich mich nicht trauen, schon gar nicht wenn ich die Idee meiner lieben Gattin vorschlagen müsste. Ein unfallfreies weiteres gemeinsames Eheleben wäre dann wohl für mich nur noch eine Utopie."

Er drehte sich noch einmal um und winkte Schwester Maraike zu, dabei zwinkerte er verschmitzt mit dem Auge. Dann dachte er, egal, das eigene liebe Eheweib ist doch immer noch die Beste, da weiß man was man hat.

Jetzt musste nur noch Frey wiedergefunden werden und die Unterkunft für den Zwischenaufenthalt in Magdeburg gesucht werden.

Die gute Meike hatte den Dreien ein Zimmer, genauer gesagt ein Doppelzimmer mit Aufbettung, in einer Pension in Magdeburg reserviert. Diese Pension hieß „Zur alten Eiche" und hatte in ihrem zur Pension gehörenden Biergarten tatsächlich eine uralte riesige Eiche zu stehen.

Am frühen Abend hatten sich Donar und Loki dort nun endlich mit Frey getroffen. Der Zwischenaufenthalt in Magdeburg konnte beginnen.

Natürlich erst nach dem Bezug ihres Zimmers, und der Verteilung der Schlafplätze.

Ein Zwischenstopp in Magdeburg

Da standen sie nun, im ersten Obergeschoss ihrer Pension, in ihrem reservierten Doppelzimmer mit Aufbettung, also mit drei Schlafgelegenheiten. Loki schmiss seine Sachen sofort auf das linke Bett, Frey nicht minder geschickt setzte sich sogleich auf das rechte Bett. Donar der gerade aus dem Fenster heraus die riesige Eiche im Hof des Biergartens bewunderte, bemerkte einen Tick zu spät, dass er nun wohl das Aufbettungsbett, von manchen auch Notbett genannt, nehmen musste.

Auf die Frage weshalb der Größte nun eigentlich das Notbett nehmen müsse erntete er nur ziemlich schadenfrohes Grinsen der beiden Anderen.

Loki entgegnete kurz darauf noch lachend: „Ach komm Großer, so schwer bist du doch gar nicht, ich glaube sogar, du hast etwas abgenommen, was dir sehr steht übrigens."

Von Donar kam ein geschmeicheltes: „Alter Schleimer. "

Egal, die Bettverteilung war geklärt, es konnte der abendliche Stadtausflug ins Nachtleben von Magdeburg in Angriff genommen werden. Zuvor galt es natürlich im Biergarten ihrer Pension unter der großen Eiche ein ordentliches Abendessen zu sich zu nehmen.

Sie gingen runter in den Biergarten, setzten sich an einen von Meike für sie im Voraus reservierten Tisch und blätterten in der Speisekarte. Donar schaute kurz nach oben in die Äste der alten Eiche und sinnierte kurz darüber zu den beiden Anderen, wie schön es doch früher im Frühmittelalter gewesen sei, wenn sie zusammen mit den Menschen, oft unter solchen riesigen Eichen, ihre heidnischen Feiern mit viel gutem Essen und noch mehr Wein und Met gefeiert haben.

Das könnten sie jetzt auch gleich tun sagte Frey und fügte dem hinzu wie gut er es fand, dass sich Loki schon im Frühmittelalter gerne mal heimlich zu den Mädels ins Nonnenkloster geschlichen hatte und dabei, zum Verfassen seiner kleinen Liebesbriefe, bei den schreibkundigen Nonnen, quasi nebenbei, die lateinischen Buchstaben erlernt hatte, die heute nun überall in Gebrauch waren.

Stimmt, sagte Donar amüsiert, wenn der kleine Sittenstrolch nicht ständig, heimlich bei den Nonnen abgehangen hätte und uns deren lateinisches Alphabet beigebracht hätte, würden wir hier jetzt ganz schön blöd dreinschauen beim Studieren der Speisekarte, unsere alte Runenschrift scheint ja wohl etwas aus der Mode gekommen zu sein inzwischen. Von ein paar wenigen Neuheiden, die sich hobbymäßig heute noch damit befassen und ein paar Wissenschaftlern abgesehen, bliebe da nicht viel an möglichen Runenbrieffreunden an Auswahl.

Alle lachten kurz und blätterten weiter in ihrer Speisekarte. Donar entschied sich gerade für einen leckeren Braten mit Pommes Frites und erklärte Loki und Frey die wären wohl aus dem leckeren Knollengemüse gemacht, was dieser verrückte Leif damals mal so um das Jahr 1000 von seiner Entdeckungsfahrt nach Amerika mitgebracht hatte, als ihn seine Frau mal wieder für ein paar Wochen vor die Tür gesetzt hatte, weil er sich von Loki zu einem Ausflug ins Nonnenkloster überreden lassen hatte und prompt dabei erwischt worden war. Hätten sie damals schon gewusst wie lecker das Zeug in Streifen geschnitten und frittiert schmecken würde, hätte sich diese Ackerfrucht sicher schon viel früher in Europa durchgesetzt.

Egal, Donar fand etwas noch viel interessanteres in der Karte. Er sprach sofort lachend Loki an, er solle mal nach hinten blättern in der Karte, es gäbe an Getränken doch tatsächlich Bottroper Klosterbier, Bier von den netten Nonnen aus dem Zug. Frey schaute fragend und Donar erklärte ihm, dass sich Loki erst in eine Nonne unsterblich verliebt habe, in „seine" Schwester Maraike, um dann von dieser und ihrer Oberin Schwester Christa mit genau diesem Bier unter den Tisch gesoffen worden zu sein.

Natürlich bestritt Loki aufs schärfste, je von irgendeiner Nonne unter den Tisch gesoffen worden zu sein, aber da sie ihn kannten, nahm das keiner ernst, denn der gute Loki war nun wirklich kein Freund von Traurigkeit und schon immer, seit dem Frühmittelalter ganz sicher, ein Partylöwe gewesen und habe nichts ausgelassen. Da konnte es eben auch schon mal vorkommen, dass er nicht der letzte war der beim Trinken noch aufrecht am Tisch sitzen konnte. Wichtig war doch dabei ohnehin nur, dass alle Spaß hatten und niemand anfing zu stänkern dabei, aber dass war nun wirklich nicht seine Art, sein eigenartiger Humor verließ ihn nie, nicht einmal beim Trinken.

Schon stand die erste Runde Bottroper Klosterbier auf dem Tisch und Donar hob sein Glas, sprach dabei lächelnd und laut: „Auf unsere Schwester Maraike und ihre Oberin, Schwester Christa, mögen sie lange und gesund leben und noch sehr viel Bier brauen, Prost."

Loki schaute kurz etwas verzückt bei dem Gedanken an Schwester Maraike und schüttete dann sein Bier genussvoll herunter.

Schön, dass sie die Nonnen kennengelernt hatten dachten sie, während die nächste Runde Bier kam. Nach einem guten Essen und noch einigen Runden Bier, entschlossen sie sich, den Stadtbummel durch Magdeburg für die spätere Rückfahrt nach ihrem Treffen in der Burg mit den Neuheiden aufzuschieben.

Diesmal waren sie rechtzeitig auf dem Magdeburger Bahnhof um ihren Zug nach Hessen, genauer Witzenhausen und zur dortigen Burg Ludwigstein zu bekommen.

Meike hatte wieder reserviert und ihnen mit der Reservierungsnachricht auch gleich das Foto ihres neuen Rennrades geschickt, dass sie als kleine Aufwandsentschädigung beim gutmütigen Donar herausgehandelt hatte.

Auf diesen Schreck gingen erst mal Loki, gefolgt von Frey und Donar in den Speisewagen zum Frühstücken. Als sie die Speisekarte lasen und sich für ein kleines Frühstück mit Schrippen (außerhalb eines kulturell besonders hochstehenden Sprachraums innerhalb Deutschlands auch schlicht nur Brötchen genannt) Butter, Honig und Marmelade entschieden hatten, blätterten sie neugierig weiter.

Donnerwetter, rief Loki überrascht, seht mal was es hier auch gibt, Bottroper Klosterbier, die sind aber wirklich geschäftstüchtig die Klosterschwestern. Na da können wir nachher zum Mittag ja noch eins trinken, auf unsere liebe Schwester Maraike, der nettesten Bierbrauerin die wir kennen.

Das Neuheidentreffen

Endlich, nun lag sie vor ihnen, Burg Rudolfstein in Witzhausen, die von diesem Neuheidenverein für vier Tage angemietete Jugendburg in Nordhessen.

Auf dem Parkplatz stand schon das mintgrüne Auto eines der Neuheiden, die sie auf dem Stammtisch in Berlin kennengelernt hatten. Das war gut, denn wenn der hier war, waren auch sicher die beiden Thomasse dort und einige andere vom Berliner Stammtisch dieses Vereins, die waren ja ganz lustig und es ist immer ganz angenehm, wenn man irgendwo hinkommt und schon ein paar der Anwesenden kennt.

In einem Raum der Burg war von einem der Organisatoren des Vereinstreffens eine provisorische Anmeldung für die Gäste eingerichtet worden, um diese zu empfangen, ihnen die Zimmerschlüssel ihrer Unterkunft zu überreichen und die Liste zu führen, sowie ihnen die wichtigsten Eckdaten der vielen zur

Auswahl anstehenden Veranstaltungen sowie die Zeiten fürs gemeinsame Frühstück, Mittag und Abendessen mitzuteilen.

Donar dachte sich, das wäre äußerst passend, der nette Mann mittleren Alters, der sie dort empfing, saß da an seinem Tisch mit den Unterlagen in diesem Rittersaal wie ein Ritter, wie ein echter Ritter. Natürlich nicht gekleidet wie ein Ritter oder so auftretend, aber irgendwie wirkte seine Erscheinung eigenartig rittermäßig.

Der freundliche Mann gab Donar also ihren Schlüssel für ihre Zimmer und sagte noch etwas verschmitzt lächelnd, sie mögen doch beim Frühstück daran denken, dem Delling etwas Butter zu opfern, ob sie überhaupt seinen persönlichen relativ unbekannten Lieblingsgott kennen würden?

Donar dachte nach, Delling, warte mal Delling, ja irgendwas war da mal, ach der Delling, rief er, ja kenne ich, aber flüchtig, ist ziemlich unbekannt der Gute, habe ihn nur ein paar Mal ganz selten getroffen.

Aber Loki der alte Sittenstrolch, der kennt den ganz gut, trifft den wohl oft, wenn er frühmorgens nach seinen Touren, oft aus dem Nonnenkloster kommend oder besser aus deren Bierkeller, im Morgengrauen nach Hause krabbelt.

Der nette „rittermäßig" wirkende Mann vom Empfangstisch grinste amüsiert wo auch immer Donar, Frey und Loki „Schulz" herkommen würden, die kannten sich aus und Humor haben sie auch, so einen klasse Witz unter Einbezug des Delling, des, selbst in Neuheidenkreisen ziemlich unbekannten Gottes des Sonnenaufgangs, der Dämmerung, zu machen, die wussten scheinbar Bescheid in der Materie. Respekt!

Kurz darauf trafen Frey, Donar und Loki auch wieder die lustigen Neuheiden vom Stammtisch in Berlin, die offenbar die ausgehängte Liste mit den angebotenen

Vorträgen, Kursen, Seminaren, Sportveranstaltungen und Ähnlichem studierten und sich überlegten was sie davon besuchen wollen würden, denn viele dieser angebotenen Veranstaltungen waren auch zeitgleich in unterschiedlichen Räumen und Bereichen der Burg, von unterschiedlichen Kursleitern und Referenten im Angebot. Natürlich war dieses Rahmenprogramm kostenlos, was die jeweilige Suche nach den für jeden Einzelnen am interessantesten wirkenden Kurs nicht unbedingt leichter machte.

Die Berliner Heiden diskutierten nun untereinander und der Mann mit dem mintgrünen Auto traf ein offenbar befreundetes Paar vor dem Aushang. Loki hörte neugierig zu wie sich die Drei begrüßten, wobei der Mann vom Stammtisch mit einem Spitznamen, nämlich mit Berliner Boulette angesprochen wurde:

Boulette: Hey Ole, hallo Pi, habt ihr es aus Mecklenburg wieder hergeschafft, schön.

Ole: „Hey du olle Berliner Boulette, wir freuen uns schon den ganzen Tag dich hier zu treffen."

Pi: „Ist Dani zuhause geblieben?"

Boulette:" Ja, die muss auf die Hunde aufpassen und zur Not für unsere Meike da sein, falls wieder Wäsche zu waschen ist oder das liebe Kind bekocht werden muss und so."

Alle lachten, denn alle wussten, dass Dani, die ja auch auf dem Berliner Stammtisch gewesen war, weder ihre Hunde und erst recht nicht ihre geliebte Tochter alleine lassen würde, um keinen Preis, niemals, nicht mal um zum Heidentreffen zu fahren. Und das obwohl Meike sich seit Kurzem ganz gut etwas dazu verdiente, indem sie so ein paar Herren als Organisatorin diente für Onlinebestellungen, Reservierungen und so weiter.

Ole: „Hast du schon das Angebot heute Nachmittag gesehen?"

Boulette: „Nö, bin gerade erst angekommen."

Pi: „Boulette, lass dich von Ole nicht anpieken, der darf da sowieso nicht hin und du sicher auch nicht."

Boulette: „Wieso das denn?"

Pi: „Na lies doch mal genau, da steht was von „Der körperliche Schmerz in Ritus und Lust" und der Kurs wird von zwei Frauen gegeben. Von zwei interessanten Frauen wie ich hörte. Im alten Burgverlies und Folterkeller. Der geht da nicht hin, basta!"

Ole: „Ich gehe da sehr wohl hin."

Pi: „Gehst du nicht. Das willst du gar nicht."

Ole: „Doch, gehe ich, ganz sicher."

Boulette: „Ich gehe da auch hin, klingt doch interessant."

Pi: „Das sage ich deiner Dani."

Boulette: „Die hat mir das schon zuhause verboten, ich gehe aber trotzdem."

Pi: „Vorsicht Freundchen, das sage ich Dani, ich schicke ihr gleich eine Nachricht."

Boulette: „Ach nö, wirklich jetzt."

Pi: „Ja, mit Vorankündigung"

Boulette: „Nee, machst du doch nicht, das wäre ja ein verpetzen."

Pi: „Ja, aber verdientes petzen."

Ole: „Pi, sei doch nicht so, lass uns da doch hin."

Pi: „Na gut, aber ich komme mit, euch Zwei lasse ich da nicht unbeaufsichtigt."

Boulette: „Ist ja wie zu Hause."

Pi: „Sollst ja auch nichts vermissen hier."

Loki hatte aufmerksam zugehört und ahnte wohin es führen würde. Er musste unbedingt auch zu dem Kurs gehen. So geschah es auch, etwas schmollend kamen Ole und Boulette in Begleitung von Oles Pi zum angekündigten Seminar. Sie warteten bis das Gewölbeverlies geöffnet

wurde und suchten sich einen Sitzplatz
auf den an den Wänden des Gewölbes
befindlichen Holzbänken. Loki tat das
auch. Die beiden Seminarleiterinnen
kamen rein, Boulette und Ole freuten sich
schon, das Thema hatte Potenzial,
dachten sie. Hatte es auch, aber anders
als sie dachten, wie Loki grinsend
vermutete. So kam es auch.

Es gab einen kurzen Einführungsvortrag
über indigene Völker Amerikas, die durch
bestimmte Konzentrationstechniken
körperlichen Schmerz mildern und
erträglicher machen könnten. Dazu gab es
kleine Klammern aus einem Fetischladen,
die in Fetischkreisen zur Zufügung von
leichten Schmerzen benutzt wurden, hier
im Seminar aber den Zweck haben
sollten, die Konzentrationsübung zur
Minderung bzw. zur Schmerzkontrolle zu
überprüfen.

Loki war erfreut, die Gesichter von Ole
und Boulette waren es wert diesen Kurs
besucht zu haben.

Ole: „Äh, soll ich die Klammer wirklich hier am Arm ansetzen, das tut doch weh."

Boulette: „Ja, denke ich auch, was machen wir denn jetzt, guck mal alle haben so eine Klammer und das scheint zu funktionieren."

Pi: „Wenn ihr konzentriert zugehört hättet wüsstet ihr jetzt wie es geht, da müsst ihr jetzt durch, wenn ihr euch nicht die Peinlichkeit geben wollt und aufsteht und einfach geht."

Boulette: „Naja, ein bisschen wirkt die Übung ja."

Ole: „Ja, bei mir auch."

Pi: „Bei mir funktioniert das prima, ich spüre gar keinen Schmerz, lasst uns ruhig noch etwas bleiben."

Ole: „Gerne Schatz, äh toll das Seminar."

Boulette: „Äh ja, klar, irgendwie toll, oder so, merke fast gar nichts, autsch."

Irgendwann war das Seminar zu Ende, die Teilnehmer durften zum Andenken sogar die kleine Metallklammer behalten.

Ole: „War interessant, nur anders als erwartet und der Schmerz war gar nicht doll, hat funktioniert."

Boulette: „Finde ich auch, war interessant, was Konzentrationsübungen so bewirken können."

Pi: „Übrigens ich habe Dani gerade eine Nachricht geschickt, die fand das auch interessant, du sollst sofort anrufen."

Boulette: „Ne, das darf doch nicht wahr sein, du hast wirklich gepetzt?"

Pi: „Ja klar, ich werde doch Dani nicht verschweigen, dass du nicht gehorcht hast."

Boulette: „Oh weh, ich gehe dann mal telefonieren."

Loki dachte, dass er sich das auch noch anhören musste. Er ging hinterher und hörte noch ein gequältes: „Nein Dani, war ganz harmlos, nur so interessante Schmerzbewältigungsübungen, ich weiß, dass ich da nicht hinsollte, aber Ole und Pi waren auch da, zur Aufsicht. Ja, die Klammer kriegst du natürlich, ich brauche die nicht mehr. Bis dann Schatzi. "

Loki konnte nicht mehr, er ging um die Ecke und krümmte sich vor Lachen, das kommt von sowas, ihr kleinen Schlingel.

Er wollte sich gerade wieder in den Burghof begeben, als er Ole, Pi und Boulette dort stehen sah, die sich angeregt mit drei Frauen unterhielten, irgendwas kam ihm bekannt vor, er kam nur nicht drauf und holte sich erst mal ein Bier in dem zur provisorischen Burgschänke umgewandelten Gewölbekeller am Nebeneingang der Burg. Und weil er gute Laune nach dem vorangegangenen kleinen aber feinen Unterhaltungsprogramm hatte, nahm er gleich noch zwei Flaschen für Donar und Frey mit. Ach was solls, für Ole, Pi und Boulette nahm er auch gleich noch drei Flaschen zusätzlich mit, das hatten die sich verdient, wenn auch nicht ganz freiwillig. Loki konnte mitunter sehr großzügig, gar fürsorglich sein. Er schleppte also sechs Flaschen vom guten Bottroper Klosterbier in den Armen mit sich und hatte noch 3 zusätzliche Flaschen mit, die etwas aus seinen großen Jackentaschen hervorragten, für die zweite Runde mit Donar und Frey, wo auch immer die gerade abhängen würden, er würde sie schon erreichen und zum Burghof dazu holen.

Brauchte er aber gar nicht. Denn als er den Hof betrat, sah er die schon bei Ole, Pi und Boulette sowie den drei Frauen stehen. Er dachte kurz, dass würde ja passen, durch die ursprünglich für eine weitere Runde mit Donar und Frey gedachten zusätzlichen Flaschen reicht das Bier auch noch für eine größere gesellige Runde mit den drei Frauen zusätzlich. Er schleppte das Bier also zu der Gruppe, zuerst sah er Donars eigenartigen Blick, dann Frey, der auch etwas bedrückt schien, aber er dachte sich er würde sie schon wieder belustigen können und rief quer über den Hof: „Hey ihr müden Heiden, ich habe Stoff besorgt, die Party kann weitergehen, hoch die Tassen und Prost."

Er kam der Gruppe jetzt näher, jetzt erkannte er wer die drei Frauen waren. Seine Frau Sigyn stand ihm am nächsten und nahm ihm lachend gleich mal die Flaschen ab und verteilte sie in der Gruppe, Freys Frau die gute Freya sowie Donars liebe Frau Sif waren auch da, Loki war geschockt.

Sigyn sah ihn und rief laut, stell dir mal vor, wir haben auch reserviert, die Familie „Schulz" ist jetzt vollständig hier, Überraschung, freut ihr euch? Ungemein, haha, dachte Loki, sarkastisch, aber das sagte er lieber nicht, sondern er gab seiner Sigyn einen Begrüßungskuss und sagte wie toll er das fände. Sicher ist sicher, jetzt war ihm klar weshalb die anderen Beiden so komisch geguckt hatten.
Wie kommt ihr denn hier her, so spontan,

wollte Loki von Sigyn wissen. Sigyn antwortete ihm, er habe seine Mails nicht gelöscht und seinen Computer auch nicht ausgeschaltet, sie habe fast ungewollt seine Mails und den Chatverlauf von und mit Meike gelesen und diese habe ihnen freundlicherweise auch eine Reservierung für dieses Treffen besorgt. Sie habe jetzt dafür noch ein neues Treckingfahrrad bekommen als kleines Dankeschön dafür, dass sie die Überraschung nicht verdorben hat und den Männern nichts gesagt hat. Ist doch voll lieb von ihr gewesen, oder?

Loki dachte na klar, so ein kleines Biest, mit der müssen wir dringend noch mal vereinbaren wer so alles von unseren Aktivitäten Kenntnis kriegt und wer, welche Ehefrauen eben nicht. Aber dann fiel ihm ein, dass er es ja selbst versieft hatte, weil er seine Nachrichten offengelassen hatte. Grummelnd sagte er zu den Frauen:" Stimmt, ich werde ihr zur Belohnung für die tolle Überraschung noch ein zusätzliches Mountainbike kaufen, falls sie mal Urlaub in den Bergen macht.

Sif klatschte freudig in die Hände und tippte schnell was in ihr I-Phone. Kurz darauf gab sie bekannt, dass sie das soeben Meike geschrieben habe, die freue sich ganz doll und bereue es keinen Moment lang, kürzlich spontan in den Neuheidenverein eingetreten zu sein.

Schlau ist die Kleine ja wenigstens dachte Loki anerkennend, die müssen wir uns warmhalten, als Organisationsgenie, die kann uns allen bestimmt noch sehr nützlich sein. Er war ja erst sehr skeptisch, dass junge Frauen heutzutage auch außerhalb von Frauenklostereinrichtungen zur Schule gehen dürfen sogar zur neuen Leistungssportschule für Jungs und Mädchen, aber jetzt war er überzeugt, dass das eine gute Entwicklung war, Bildung schadet scheinbar nicht, selbst jungen Damen nicht. Er hob sein Bier grinste in die Runde, rief Prost, jetzt ist Party.

Freya prostete zurück und teilte ihnen mit, Meike habe sie über Whats App darauf hingewiesen, dass gleich ein Kurs zum Thema Yoga zur entspannenden Bewusstseinserweiterung mit anschließendem Diskussionsabend über gesunde, gemüsebasierter Ernährung zur Unterstützung der Beweglichkeit beim Yoga stattfinden würde und sie alle dazu angemeldet habe. Der gleichzeitig stattfindende Sumbelabend mit Met und Bier, bei Gesang und witzigen Vorträgen, könne sicher irgendwann mal wiederholt werden, da wollen sie doch sicher lieber nicht hin.

Boulettes Gesicht erheiterte sich leicht, als er sich heimlich vorstellte wie er aus sämtlichen neuen Fahrrädern von Meike Zuhause die Ventile in sämtlichen Reifen lösen würde. Alle anderen außer die Frauen in der Gruppe hatten augenscheinlich ähnliche Gedanken, auch wenn sie alle Meike mochten und ihr natürlich nichts tun würden oder sich an ihren Fahrrädern vergreifen würden, aber kurz daran denken durfte man ja wohl schließlich noch mal, ganz kurz, um sich im Anschluss dafür zu schämen.

Donar zischte Loki und Frey zu, dass es Boulette und Ole wohl nicht anders erginge als ihnen selbst und das Schicksalsgeflecht zwischen ihnen und den Menschen scheinbar immer noch so stark miteinander verwoben sei wie schon immer zu allen Zeiten, es habe sich nichts geändert und die Frauen regieren immer noch die Welt.

Ist wohl auch besser so, flüsterte Sif ihm zu, die fast so gut hörte wie Heimdal, der Wächter an seiner Regenbogenbrücke.

Ja, klar sagte Donar, der nun wusste, dass jeder Widerstand zwecklos sein würde und nur unnötig Energien kosten würde, irgendwie hatte seine Sif sowieso meistens Recht.

Ein Überraschungsfest zum Abschluss

Einige Stunden und viele, sehr viele Yogaverrenkungen sowie einer langen Gesundheitsdiskussion über gemüsereiche, yogafördernde, gesunde Ernährung später, kamen die Teilnehmer aus dem Seminarraum. Ole, Pi und Boulette standen neben Frey, Donar und Loki sowie Frey und Sif, Sigyn stand etwas abseits und schaute auf ihr I-Phone.

Plötzlich rief sie in die Gruppe, sie habe Nachricht von Meike, die Veranstalter waren gegen eine kleine Spende in die Vereinskasse des Neuheidenvereins vor ein paar Tagen gerne bereit gewesen, den Sumbelabend mit Met und Bier bei Gesang und witzigen Vorträgen heimlich um ein paar Stunden zu verschieben und nur ihnen als einzige nicht darüber Bescheid zu geben. Alle anderen hätten dies gewusst, aber nichts gesagt, denn es sollte ein kleiner Streich mit einer großen Überraschung für sie werden.

Das war in der Tat gelungen. Meike hatte ihr gerade den echten offiziellen Veranstaltungsplan zugeschickt und auch an sie alle weitergeleitet und tatsächlich fein säuberlich war da der Sumbelabend direkt nach dem Yogaseminar eingeplant.

Die Männer waren glücklich und erleichtert, ihre Frauen waren also gar nicht so frech wie gedacht, sondern nur neckisch, aber auch lieb und haben ihnen den Sumbelabend gerettet.

Meike muss unbedingt noch ein Holländertourenrad bekommen, flüsterten Loki, Frey und Donar und kamen überein dies nach ihrer Rückfahrt unbedingt sofort zu veranlassen. Boulette gab an sich fortan immer um genug Luft in Meikes Fahrradreifen kümmern zu wollen und für die vielen neuen Fahrräder ganz sicher noch Platz in seiner Garage zu finden. Notfalls parke er sein Auto halt neben der Garage auf dem Grundstück. Und Ole, der seine Brötchen als Künstler verdiente fragte die anderen aus der Gruppe, ob es eigentlich als Neuheide passend wäre, wenn er sein nächstes Gemälde mit einem Portrait von Meike mit einem Heiligenschein verzieren würde. Alle lachten und beschlossen den Rest des Abends als Gruppe zusammen zu verbringen.

Im Saal, indem der Sumbelabend stattfinden sollte, war noch an einem großen Tisch Platz für die neun Leute der Gruppe. An diesem Tisch saßen bereits drei Schweden, die von einer schwedischen Heidengruppe kamen und der Gruppe freundlich anbot sich doch zu ihnen zu setzen. Donar dachte das wäre ja super, endlich mal wieder ein paar Schweden zum Feiern, die Feste in Uppsala in Schweden waren ja nun schon etwas länger her, aber die Erinnerung daran war noch angenehm und frisch.

Alle am Tisch stellten sich gegenseitig vor und die Schweden stellten sich vor als Olaf, Thorsten und Karl, allesamt Lehrer einer schwedischen Oberschule und in ihrer Freizeit in einer schwedischen Heidengruppe aktiv seiend.

Damit kann ich arbeiten, dachte Loki, der Abend würde sicher sehr angenehm werden. Als erstes kam natürlich eine Runde Bottroper Klosterbier auf den Tisch, die Schweden riefen laut Skol und die anderen riefen ebenso laut Prost und tranken sich zu.

Natürlich erzählte Donar stolz, gemeinsam mit Loki, die netten Klosterschwestern, vor allem Maraike und Christa, auf der Herfahrt im Zug kennen gelernt zu haben und dabei auch ausreichend mit ihrem ausgesprochen leckeren Brauereiprodukt bekannt geworden zu sein, vor allem Loki habe diese Bekanntschaft sehr vertieft und sei von Schwester Maraike regelrecht unter den Tisch gesoffen worden. Loki dachte nur daran, dass er Donar demnächst unbedingt mal erklären müsse, welche Geschichten in Gesellschaft ihrer Frauen erzählt werden könnten und welche davon unbedingt ihr Geheimnis bleiben sollten. Aber zu spät, seine Sigyn kniff gerade die Augen etwas zusammen, fixierte Loki dabei und fragte ihn ob er etwa wieder vorhabe heimlich in Nonnenklöstern Party zu machen. Er wolle doch sicher nicht schon wieder Stubenarrest haben wollen und ob er sich noch an das letzte Mal erinnern könne, als sie ihm den Arrest etwas angenehmer gestaltet habe, als er über die Stränge geschlagen war und die anderen Götter etwas erzürnt hatte. Loki erinnerte sich natürlich, aber das Thema war ein wunder Punkt und er beeilte sich allen zu versichern, er sei nur noch einzig und allein an dem leckeren Bottroper Klosterbier interessiert und dies könne man inzwischen, den modernen Zeiten sei Dank, überall im Land käuflich erwerben.

Sigyn war beruhigt, alle anderen auch, vor allem Loki. Der Sumbelabend konnte unbeschwert weiter gehen.

Olaf aus Schweden erzählte gerade eine interessante Geschichte darüber wie er zu seinem schwedischen Neuheidenverein gekommen war. Es habe alles damit angefangen, dass er mit einer

Schülergruppe auf Klassenfahrt westlich von Uppsala auf einem etwas abgelegenen Waldcampingplatz zeltete.

Eines Abends als es schon leicht dunkel war, so leicht dunkel wie es im sommerlichen Schweden eben gerade noch wegen der Mitternachtssonne so wird, also nur bei etwas Dämmerlicht, habe er etwas weiter weg, im Unterholz, eine unbekannte, nicht zum Zeltplatz gehörende Person oder ein Wesen gesehen, dass eigenartige Bewegungen mit den Armen machte und eigenartig dastand. Er meinte irgendwas gehört zu haben, was ihm sagte er hätte noch etwas wichtiges zu tun. Lange habe er darüber nachgedacht, zumal ihm beim Nachfragen zu dieser Person niemand etwas sagen konnte, außer dass er der Einzige war, der diese Person gesehen habe und diese auch niemand vom Personal des Campingplatzes kennen würde. Er habe dies zum Anlass genommen, sich mit den alten Mythen zu beschäftigen und sei so letztlich aus Neugier bei seinem schwedischen Heidenverein gelandet. „Interessant" sagte Loki in die Runde, „wir waren früher ja oft in Uppsala, aber sonderbare Wesen und Personen haben wir da nicht getroffen." Freya warf ein, das wäre auch schlecht gegangen, denn die sonderbaren Typen dort wären immer sie selbst gewesen, irgendwie. Alle lachten, obwohl nur die Hälfte der Anwesenden den versteckten Witz dahinter verstehen gekonnt hatten. Aber Recht hatte sie auf alle Fälle. Donar sprach jetzt Loki direkt an und fragte ihn, ob er bei ihrem kürzlichen „Schönheitsschlaf" vielleicht mal kurz aufgestanden war und irgendwo in Uppsala gewesen sei. Wieder grinsten alle, Loki spielte mit, nach ein paar Runden Bottroper Klosterbier wurde er auch, wie immer, sehr lustig und offen für jeden Spaß und sagte er sei zwischendurch mal kurz aufgewacht, weil er pinkeln musste, sei aber raus gegangen, weil er durch das Betätigen der Klospülung nicht seine liebreizende, so friedlich schlummernde Frau Sigyn wecken wollte.

Frey warf ein:" Du hattest also wieder mal einfach nur Angst, dein liebes Frauchen versehentlich aufzuwecken und Stubenarrest zu kriegen. "

Loki lachte und sagte, so könne man es natürlich auch ausdrücken, jedenfalls sei er ein Stück gelaufen, habe sich ein geeignetes Gebüsch westlich von Alt-Uppsala gesucht und dort halt gepinkelt. Er sei sich übrigens sicher gewesen dort ungestört zu sein und sei sich auch sicher dort früher nie einen Zeltplatz bemerkt zu haben, nicht an der Stelle jedenfalls.

Nicht zu dieser Zeit meinst du wohl, rief Frey belustigt. Wieder lachten alle.

Loki fuhr fort, er habe das jedenfalls nicht gewusst und plötzlich stand etwas weiter weg ein Mann, der Olaf etwas ähnlich sah und ihn überrascht angestarrt hätte, er habe dann mit einem Arm versucht diesen Mann wegzuwinken um ungestört sein Geschäft zu verrichten und ihn in feinstem Altnordisch gesagt, er hätte doch wohl sicher etwas Wichtigeres zu tun als hier zu stehen.

Jetzt lachten alle aus vollstem Halse, aber nur Donar, Sif, Freya, Frey, Loki und Sigyn wussten, dass es genau so wohl gewesen war und Loki unbeabsichtigt wieder jemanden, nämlich Olaf, dazu gebracht hatte, sich für die alten Mythen, ihre Mythen zu interessieren.

Die anderen lachten nur über eine vermeintliche, schlagfertige Glosse von Loki zu Olafs Geschichte. Aber alle hatten mächtig Vergnügen daran und das war die Hauptsache, der Abend verlief genauso vergnüglich wie es sich alle gewünscht hatten und man tauschte die Adressen aus und natürlich die Telefonnummern, um weiter in Kontakt zu bleiben. Irgendwann zum Morgengrauen begaben sich alle in ihre Zimmer, um noch ein paar Stunden Schlaf zu finden bis zum Frühstück und der darauffolgenden, geplanten Abschiedsrunde aller Veranstaltungsteilnehmer auf der Burg.

Der nette Organisator der Veranstaltung, der auch außerhalb seines Empfangs -und Organisationssaales irgendwie wie ein echter „Ritter" wirkte und sich am späten Abend auch noch für ein paar Runden Bottroper Klosterbier zu der Gruppe gesellt hatte, traf dabei im Dämmerlicht noch einen Gast, der kurz fragte ob denn noch im Speisesaal etwas Brot und Butter standen und prompt vom „Ritter" dort hingeführt wurde und von ihm ein mächtiges Butterbrot geschmiert bekam.

So traf jeder dort jemanden den er oder sie schon teils länger gesucht hatte, mancher ohne es zu merken.

Nach dem etwas späteren Frühstück am Morgen trafen sich nun also alle Teilnehmer zum Abschiedskreis und der gewissenhafte, humorvolle, rittergleiche Organisator ergriff das Wort:

„Liebe Besucher unserer Veranstaltung, zunächst einmal möchte ich gerne wissen, hatten auch alle, wirklich alle Gelegenheit mit unseren schwedischen Gästen anzustoßen? Wenn nicht, warum eigentlich?"

Alle lachten wieder einmal, wie so oft bei diesem Treffen.

Donar sagte leise zu Frey und Loki: "Nicht nur das, wir haben eine Einladung von Olaf nach Schweden, die werden wir annehmen und dort sicher auch viel Spaß haben. Wer von euch bringt es unseren Frauen bei oder lassen wir das Meike machen?"

Weitere Bücher des Autors:

-Was man als angehender Heide so alles erleben und überleben kann-

ISBN: 978-3-7519-3227-1   Verlag: BoD

-Die Steinformation aus Findlingen in Woltersdorf bei Berlin-

ISBN: 978-3-7519-6746-4   Verlag: BoD

-Heterodaddy und Gay Mom die kollegiale Idealkombination-

ISBN: 978-3-7519-7773-9   Verlag: BoD

Ein kleines Gedicht

Wenn alte Götter lange ruhen

und deshalb lange auch nichts tun

und dann nach langem Schlaf erwachen

und plötzlich wieder Dinge machen,

dann lassen sie es ordentlich krachen

und viele haben dann zu lachen.

Doch dies ist ja nur ein Gedicht

vielleicht ist es so, vielleicht auch nicht.

Coverbild: Donarstatue aus Holzstamm, wie es früher vielleicht ausgesehen haben könnte, heute tatsächlich hin und wieder so dargestellt wird.